O fantasma do método
[*diário de um mimetismo contínuo*]

Eduardo Jorge de Oliveira

O fantasma do método

[*diário de um mimetismo contínuo*]

ILUMI//URAS

Copyright © 2024
Eduardo Jorge de Oliveira

Copyright © desta edição
Editora Iluminuras Ltda.

Capa e projeto gráfico
Eder Cardoso / Iluminuras

Foto de capa e demais fotos
Eduardo Jorge de Oliveira

Foto da pedra na página 125
Lívia Melzi

Revisão
Marcela Vieira
Monika Vibeskaia

CIP-BRASIL. CATALOGAÇÃO NA PUBLICAÇÃO
SINDICATO NACIONAL DOS EDITORES DE LIVROS, RJ
O46f

    Oliveira, Eduardo Jorge de, 1978-
       O fantasma do método : [diário de um mimetismo contínuo] / Eduardo Jorge de Oliveira. - 1. ed. - São Paulo : Iluminuras, 2024.
       128 p. ; 21 cm.

    Inclui índice

    ISBN 978-65-5519-212-4

    1. Ficção brasileira. 2. Ensaios brasileiros. 3. Prosa brasileira. I. Título.

24-87873   CDD: 869
CDU: 821-134.3(81)

Meri Gleice Rodrigues de Souza - Bibliotecária - CRB-7/6439

EDITORA ILUMINURAS LTDA.
Rua Salvador Corrêa, 119 - 04109-070 - São Paulo - SP - Brasil
Tel./ Fax: 55 11 3031-6161
iluminuras@iluminuras.com.br
www.iluminuras.com.br

Índice

Dezembro, 13
Janeiro, 53

Coda, 121

Sobre o autor, 125

Para Maria Filomena Molder,
que está na origem e no salto.

A ciência tem algo em comum com a arte, pois as coisas mais cotidianas parecem ser totalmente novas e atraentes, como se tivessem nascido no momento, experimentadas pela primeira vez, pela graça de alguma força mágica. "A vida merece ser vivida", diz a arte com toda sua sedução; "a vida merece ser estudada", diz a ciência. Isso é paralelo à contradição interna muitas vezes dolorosa no conceito de filologia clássica e em todas as atividades que derivam desse conceito.

Friedrich Nietzsche, *O caso Homero*, aula inaugural na Universidade da Basileia, 28.05.1869.

Dezembro

1.

Ouço os teus passos: são discursos. Orientam, desorientam. Sobretudo seduzem. De onde vem a sedução? A força da palavra e do gesto produz um desvio. *Seducere*: que no latim junto aos sapatos gastos faz com que as solas se renovem. A palavra participa de uma possessão: "desvio-me", ponho-me à parte, exilo-me. Com as marcas dos teus passos nos ouvidos, movo um pé de cada vez, caminho. Transfiro-me, e eis-me em uma nova casa, em outra vida, que não a minha, esta já expropriada por mim tantas vezes, e já tão outro, sob a eletricidade desta casa, com lírios ainda não gastos. Se fosse elíptico diria: sob a eletricidade desses lírios não gastos, com a energia vital dessa seiva. O som desses passos me desvia de mim, uma rota altera meus passos. Onde começa onde termina a sedução? Onde começa onde termina, repito, tentando imitar a frase anterior, mas com a sintaxe retorcida. A sedução é sobretudo uma síncope, uma ausência de sujeito, de assunto. Entro em síncope. Somem as sílabas de algumas palavras e no seu lugar entra e sai ar. *S'nor, s'nor, nd stou.* "Ora senhora, não demora!" Inscrevo este desvio a modo de compreendê-lo em corte e cicatriz. A única autobiografia é uma cicatriz na memória de um corte.

Essa cicatriz tem a marca de um desvio. Ela está no calcanhar esquerdo. Ela tem a forma de um S. Um S de som: um som visual do desvio. Ela é uma marca de infância que diariamente afirma um desvio. Ela é a marca de uma sedução contínua pelo desvio. O caminho diante dos pés já está ao lado. A sedução dispensa uma vida diária. Todo dia surge uma promessa do desvio. De outro caminho. Essa palavra é um espelho côncavo. Entro na sua curvatura interna. Não me vejo, apenas escuto os teus passos, discursos. Eles me orientam. Desorientam. Esqueci do nome tantas vezes repetido até ter sido o meu. Tenho uma corcunda na qual posso te transportar, e, caminhando com os teus sapatos escuto os meus. Com quais sapatos passo pelos desvios? Agora, um pé de cada dificulta o percurso: o esquerdo é de um de par quarenta e um, o direito, trinta e quatro. Desvio. A casa ecoa sem telhado. Porque esse nome, o meu, flutua no fundo côncavo do espelho. Vou me afastando. A sedução é técnica de corte, de desvio. Não sangro do nome dado e distante, cuja paciência é o de uma caixa de correios. O nome destinatário está suspenso, apego-me ainda ao que não foi desviado dele e busco encontrá-lo na casa que apareceu nos meus sonhos. Na vida a qual me conduzistes. Desorientada, orientada. Caminho nu no meu nome.

2.

E vou me afastando do meu nome. Com a frase maior que as pernas. Afasto-me do nome enquanto fervo, queimo. A primeira resposta à sedução, o desvio. O caminho começa paralelo e se ramifica. A sedução fabrica uma distância de mim, mas também de ti. A sedução é uma forma de criar uma distância de si. O corpo se torna um fantasma, objeto de um ventríloquo que literalmente tem uma voz que sai do ventre. A sedução é um lugar outro, intermediário, vocálico-epidérmico. O lugar no qual as dúvidas brilham com os sorrisos. Começo a sair dos meus documentos. Meus rostos não se comprovam. Ainda estou entre você e eu. Não sou apenas o discurso, mas o transporte à crença no que está sendo dito. Preciso voltar a mim e, assim, estarei com você: a vida é pura sedução. Saio e volto, saio de mim sem êxtase, sem pânico. As razões interiores são uma chama frágil. Um sopro pode apagá-la. Apago-me e entro na noite de mim mesmo. Descalço. Sonâmbulo do tempo no qual estava e que ainda penso estar. Não é um dia, nem dois esses meses esses nove. A segunda-feira que busquei na quinta e o meio-dia às quatorze horas. Quando cheguei, meu nome não tinha chegado, você não tinha chegado. Mas fui acolhido. Acolheram-me sem nome, sem fala e guardei aquele silêncio que não era propriamente o silêncio da espera, do engano. E de todas as etimologias saíram palavras: viste as baratas desbaratadas? A sedução age por camadas. Mesmo quando rápida, ela é lenta. Um dia não, dois. Três ou quatro meses. Cinco ou seis anos. Sete décadas. E o corpo da mão balança o copo do chá, mais para sentir o peso do que o seu gosto. Na barca na qual entrei ficou exposto o nome aos documentos, à memória dos amigos e dos familiares. A contemplação sem nostalgia da vida do caminho. Há seduzidos e seduzidas que voltam para buscar os nomes tão logo saiam da noite de si. Há sedutoras e sedutores que permitem a recuperação. Respira-se em sincronia com o nome até que, de dentro dele é necessária uma apneia com intervalos cada vez maiores sem oxigênio. Há passagens raras. Promessas de felicidade. Falta de ar. A sedução chega perto e depois se afasta, pois, sendo uma arte de aproximação e do distanciamento, ela produz novos desvios de quem seduz e de quem é seduzido. Mergulho novamente. São torsões que removem posições. Longe de tudo aquilo que me coincide comigo escrevo com um eu emprestado. Assino com o teu nome. Está tarde para voltar a como me chamavam. Nado sem nome.

3.

É domingo, passa das onze horas da manhã. Desperto e permaneço na cama. Apenas meia-hora depois é que vou ao banheiro. Levanto-me. Ao lavar o rosto me olho no espelho. Quem é esse que aparece e que não reconheço imediatamente. É um homem com bigodes cujos pelos brancos começa a marcar o rosto. Está escuro, me vi também pelo vulto da noite anterior. Não era espelho, mas a noite me refletia. Nós saímos juntos, fomos ao teatro e, depois do espetáculo, não lembrava de mim. Lavei o rosto. Sem frases, escovo os dentes e não tenho que deixar essa casa. Há um *nós* na casa. Não estou sozinho. Não me lembro de mim, nada tem a ver com a amnésia ou com a perda temporária de memória. Entre memória e amnésia, a sedução. Aquela que criei para mim. A vida posta numa maquete dos caminhos que se movem e serpenteiam. Vem-me uma representação na cabeça: as formas dos desvios, de uma produção de um presente a partir de um futuro desviado, de um passado suspenso. Mas o corpo me lembra. A manhã avança lenta. Retorno à cama. No meio da noite lembramos dos nossos corpos e fizemos amor. Nossos corpos convivem. Nos encenamos. Há um espaço de sedução na casa que ainda está por se fazer. Vivo numa língua, escrevo em outra. As palavras de uma são fantasmas para a outra. Escrevo para apagar minha língua. Acontece de não me reconhecer no que escrevo, pois nunca escrevi assim. Nunca escrevi, é verdade. Não lembro de ter escrito nada, mas agora escrevo. Não para interrogar o que é a sedução, mas para inscrever os seus movimentos na zona das frases que faz parte da noite na qual entrei. Naquilo que não é apenas a intimidade de uma manhã de domingo que se prolonga ao meio-dia onde começo o dia *in media res*. Talvez depois dos sonhos venha a vontade de recomeçar uma vida sem dramas, mas aproveitar da sua comédia, isto é, do jogo cotidiano, com seus dramas sem dramas. A sedução circula nos pequenos gestos que emitimos e não emitimos para o outro. Não estou sozinho enquanto escrevo e espero terminar este fragmento antes do outro meio-dia, quando realmente vai amanhecer para mim. Você também escreve ao meu lado e ainda estamos na cama. É inverno. Saímos da cama para um café. Na mesa da cozinha procurei afastar as imagens vindas nos sonhos para evitar a tentação de qualquer interpretação. Enquanto escrevo parte do que ocorre neste quarto, lanço algumas notas marginais em um caderno sobre a relação entre mimetismo e sedução. Onde nos imitamos, onde nos seduzimos. Quando imitamos para seduzir. E ainda há a dinâmica entre sedução e cansaço. Ontem fiz uma fotografia sua enquanto você escrevia. Na primeira foto já estava escuro. Parecia que você descia a uma mina em busca de uma frase-rima. Hoje fotografei o teu reflexo no espelho. A imagem era de uma grande alvura, pois focalizava muito mais a parede branca e, no detalhe, você escrevendo num caderno de capa amarela. As pequenas seduções agem na imagem. No modo de se deixar expor e fotografar, no gesto fotográfico, naquilo que a memória tem de mais ínfimo e nas amnésias voluntárias. Há um ritmo paródico quando digo seduzo, logo esqueço. São novos caminhos que não exigem memória. São as pequenas seduções que me movem porque não existe a grande sedução. É sempre algo menor que desliza. Agora, às onze e cinquenta e quatro, retorno à imagem do vulto produzido no espelho enquanto lavava o meu rosto. O espanto de ver este homem, quarenta e quatro anos completos. Onze invernos deste lado do Atlântico, ou doze. O estranhamento que vem apenas de alguns milímetros de bigode a mais, de uma quase barba por fazer nesta semana sem sair de casa. Nesses milímetros a mais de bigode permanece o gosto das palavras que jamais seriam ditas em outra ocasião. A tua presença forma um conjunto de pontos no qual corro com a ponta dos dedos da mão. Espero criar um céu estrelado e portátil. Mas para isso preciso abolir o espelho, a memória, meu rosto e o nome que me é atribuído.

4.

Os ritmos da sedução são infinitos e ínfimos. O que pode seduzir outra pessoa é desconhecido. São exercícios de fantasmaquia. A sedução é uma arte de produzir desvios: a sedução dos estudos. A sedução da solidão também se apresenta como um desvio: os sentidos que passeiam de livro em livro, de texto em texto, de verso em verso. O canto silencioso produz um coração no coração, um espírito no espírito. É matemático. Assim é o método. Ele se mimetiza e se perde em cálculos. Os ritmos da sedução tanto são infinitos quanto ínfimos. Há na sedução da solidão uma arte discreta do desvio daquilo que pode desviar dos desvios de si. Outro desvio. É um efeito de rotação que não necessariamente é narcísico. Mas um modo relaxado de, inclusive, esquecer-se de si enquanto se está consigo mesmo. Órbita que erra em longas caminhadas, na página aberta de algum evangelho apócrifo, na calma de uma garatuja. Há uma solidão comunitária daquelas e daqueles que estão imersos nas próprias vidas, distraídos suficientemente com a leitura de partituras, com a força do canto das vogais, com um malabarismo impensado do corpo ou na banalidade de uma conversa telefônica. Estamos suficientemente cansados de seduzir e de ser seduzidos? (pergunto ao som das notificações eletrônicas das mensagens). Ou simplesmente nos deixamos seduzir por objetos, pela língua secreta que deles emana. Sem dúvida, a sedução nunca se conta por completo, ela se transmite em uma língua secreta que é o núcleo da produção de desvios. Desviaste de ti ou foste ao teu encontro? Fala-se de uma mistura entre reconhecimento e desvio ao desconhecido. Nos anos que passam enquanto, sem saber, seduzimos e somos seduzidos, seduzidas. O grau de desvio é de uma matemática sem cálculo. A sedução é de ordem imprevisível. Não existe uma meteorologia da sedução. Nem alguém que preveja as tempestades de afetos ou belos dias de alegria. A sedução de sair de si nos põe em movimento aos pés das páginas que percorrem o longo caminho dos nossos olhos. Abre-se um grande parêntese para respirar a sedução da literatura. Respira-se tranquilo entre personagens, vidas narradas e errâncias textuais. Um verso, uma palavra pode nos desviar. Não existe sem desvio. Somos seres desviados, desviadores. Seres de palavras aladas, enquanto escrevemos a arte do destino e dos seus desvios. A sedução é inerte e preguiçosa, cansada, não se move dela mesma e frequenta a distração. Por ela passam encontros intermináveis. Não sou um monstro, sou uma atriz. Ouviu-se em uma peça de teatro.

5.

Dez para as onze: hora de pensar em outras estratégias dado que a prosa me deixou na mão e a poesia me levou para muito longe de mim. Talvez seja o momento de abolir a diferença entre prosa e poesia ou, aqui é pesquisa acadêmica, ali é literatura. O "aqui e ali" do verbo, das imagens que produzo quando caminho, quando sorrio, quando olho, quando falo – pouco importa – uma tentativa de língua. Tudo cai sob o signo do estrangeiro. Todas as domesticidades, a comicidade, a euforia e eufemismo dos passos. Se saio de casa é eufemismo. Mas tenho fome enquanto a escrita se abre em caminhos paralelos. Seduções, umas vão mais longe do que outras. Mas quando uma sedução se prolonga até deixar de ser sedução? Uma vez que o desvio foi confirmado e com todas as forças e fraquezas da existência a língua te leva ali, a sedução perderia o efeito de superficialidade que aparentemente ela porta? O tempo parece que ficou suspendido às dez para as onze. Nesta mesa o café troca temperatura com o ambiente. O corpo siderado absorve cafeína fria. Nesta idade frágil à ação das falhas, de gestos intermináveis e incompletos, surge a pergunta sobre sedução e equívoco. Do equívoco com a força etimológica latina, isto é, com seus "chamados iguais", com equivalência. Das vozes que chamam ao mesmo tempo e que não se sabe a qual responder primeiro. Mas o equívoco não para por aí, pois o valor vocal da sedução não se repousa sobre se ela vai seduzir ou não. A possibilidade do não, seu valor virtual que pode interromper ou fazer que uma sedução falhe mostra que não há uma técnica ou um método que forme um sedutor ou uma sedutora. Se houver, ela é uma sedução alfa ou beta, analfabeta. Uma alfabetização na arte da sedução interessa-me pouco, pois é melhor que tudo aquilo que seja posto sob a forma de desvio seja analfabeto. Dez para as onze: parei o relógio na mesa do café para imaginar formas de sedução que se desconheçem a ponto de se confundirem com uma generosidade diante do mundo.

Paris entre 1 e 5 de dezembro

6.

Viajo dentro de uma noite de inverno. O trem se move, mas tu não te moves de ti, escreveu Hilda Hilst. Não me movo de mim quando penso nos limites da sedução e da generosidade. O relógio marca seis e vinte e dois quando saio de casa em Paris. De casa, repito. São dois metrôs para chegar à Gare de Lyon, a linha 4 e a 1. Quase sete da manhã. Começo a beber um café na estação e, de repente, é hora de pegar o trem que parte às sete e vinte e dois. Ele parte do Hall 1, via C. Nada épico, nada lírico, apenas procuro o assento cinquenta e oito no vagão dezessete. Faz uma hora e meia que trem está em movimento. Continuo imóvel dentro da noite que se prolonga no começo da manhã. Os passageiros ao meu lado dormem enquanto escrevo que não me movo de mim, mas que o trem se move, desloca esses corpos cansados. Chegou outro inverno e estou seguindo em direção a Zurique. São quatro horas de viagem. Na noite anterior pensei na generosidade e na sedução. Dormíamos juntos ou quase. Estávamos na cama no quarto com as luzes apagadas. Estávamos abraçados, trocávamos calor sob os lençóis. Pensei na generosidade da sedução. Sai o sol e protejo os olhos com óculos escuros. Estou sentado à janela. Retorno a Zurique com a força para três dias de aulas, encontros e reuniões. Estou a preparar uma das aulas de literatura que será em espanhol. É sobre um romance que não me interessa muito. Pelo menos não me seduz. Por outro lado, interessa-me o que posso fazer com ele, aonde posso levá-lo com as discussões. Irei assumir a aula sozinho dado que minha colega tem um exame ginecológico para fazer. Ela me escreveu nesta manhã, falando sobre suas dores abdominais. À noite, terei um jantar com o diretor do Instituto que deve ter preparado sabiamente um discurso sobre o fim dos estudos em português e que fará perguntas sobre o meu futuro. Não há uma disposição da minha parte para esse encontro. Pelo menos anotarei trechos do seu discurso para uma peça de teatro sobre a máquina acadêmica. O título me veio em alemão: *Lehrstuhlmaschine*. Estou reservado. Sem ambições. Apenas me agrada dar as aulas. Quisera ter cartas na manga, mas todas as candidaturas enviadas a outras universidades não foram bem-sucedidas. Ou foram: pois não é fácil depois de todos esses anos, desfazer-se da casa, dos afetos e debandar para outro país. A sedução também é sobre isso. Pergunto-me se Paris continua a ser a cidade que me seduziu, me desviou. O que se passa nesses anos em Zurique. Não mudei radicalmente de vida como achei que ia mudar. Casa, jardim, filhos, promessa de felicidade. Ou a melancolia imbuída em tudo isso. Se foram três horas de trem. As máquinas não perdem tempo, inclusive as catedráticas. Percebo isso quando anunciam que a próxima parada será na Basileia. Não me movi de mim. O trem está parado. Faz sol na Basileia.

Paris – Zurique, 7 de dezembro

7.

O equívoco é uma decisão ainda que dentro da palavra existam duas ou mais vozes iguais. Dicionários remetem a uma palavra de duas faces, dúbia, ambivalente e de difícil classificação. Não que o equívoco seduza, mas há uma força no equívoco, nos gestos, na pretensão de um "tudo ao mesmo tempo agora" cronofotográfico. Mas a fotografia mantém um quadro próximo de um corpo nu descendo a escada. Há uma clareza no equívoco. Na confusão que o vocábulo instaura e transmite. O equívoco pode ser uma dessas palavras-espírito que, descarnada de corpo, frequenta tragédias, comédias, contribuindo para suas unidades de ação. O equívoco não é engano nem desilusão. Há uma poética do equívoco e como os homens se equivocam: de Homero a Hamlet, passando por Ulysses aos personagens de Beckett que se prolongam na própria espera. Os equívocos se inscrevem nos corpos. Homens equivocados preenchem páginas e séculos de literatura. Boa parte da literatura é a história de sujeitos equivocados. Esses também ocupam o espaço sonoro das vozes iguais, equilibradas ("*aequus*") que nos mobilizam na imobilidade da ação. Ah, os corpos em ação a mobilizar o pensamento. Eles se movem atléticos e inequívocos. São extremamente sedutores. Mas o equívoco tem um ritmo e uma plasticidade. Um homem que anda equivocado anda como todos os homens. Equivocados. Ah, um interlocutor imaginário instalado na ponta dos dedos da mão me pergunta se as mulheres também não se equivocam. Sim, se equivocam. Mas o equívoco dos homens prepondera mais sob a forma de certeza. A certeza lhes dá brio. O equívoco é um teatro de vozes. É polifônico. Há coleções de equívocos em poemas, canções, nas conversas cotidianas. Seria possível separar a sedução do equívoco? Quantos equívocos não vieram da sedução? E vice-versa: há equívocos da parte de quem seduz e de quem é seduzido. Até que ponto é possível equilibrar-se no equivoco?

Zurique, 7 de dezembro

8.

Outra vez o trem atravessa o ventre da noite. O sol tarda no inverno. Havia anotado no caderno duas palavras: cansaço e sedução. Isso eclode na frase do cansaço de seduzir. Esse cansaço me seduz. Ele me convida a não contornar o que deve ser escrito: uma verdade de cada dito no escrito. Isso é uma aprendizagem indígena: palavras e gestos não devem ser desperdiçados, desaparecendo com gestos inacabados. Eis que a perda do dito no escrito mantém uma gentileza, primeiro consigo mesmo e, por consequência, para com os outros. Preciso proteger-me do que posso fazer contra o meu melhor (*dixit* Ricardo Aleixo). Penso nos lugares em que estamos e, abafados por pessoas, busca-se uma saída de segurança. Às vezes estamos com o corpo de vidro. Estou. Mas os tempos me obrigam a não quebrar. Há jantares e encontros que são formas de cruzar um grande túnel escuro. É dia e o trem insiste na noite: não há metafísica, apenas a silhueta do sol detrás das nuvens. Ao lado da silhueta do sol está a frase na janela de trem, *issue de secours*. A saída foi o teu telefonema. Não sei se você sentiu o som pesado da minha respiração. Desligo sem recordar de todos os detalhes. Iremos nos encontrar em breve. Volto o olhar para o caderno. Momento de silêncio, meditação. Estou cansado e o cansaço me seduz. Mas não fico nele, me movo. Estou bem com isso. Com limites, atinjo com o luxo e a pobreza da língua que me fala. O sol agora me toca o rosto. Tocou. Lá fora, pela janela, tem uma paisagem nevada que corre a mais de duzentos e cinquenta quilômetros por hora. Ela não derrete com a velocidade. Estou novamente entre Basileia e Zurique. São onze horas e dez minutos. Mesmo com uma etimologia incerta, das derrotas, aceito as rotas, pois se algo se rompe, seus fragmentos geram novas unidades. Deles surgem uma inteligência do acaso. Chegamos ao destino final. Todos os passageiros são convidados a saírem do trem.

Zurique, 12 de dezembro

9.

Estou dentro de outro ventre da noite. Trata-se de um voo de Lisboa a Zurique. Cada viagem tem sido um modo de habitar o ventre deste peixe gigante que é a noite. Passei o fim de semana na casa de Maria Filomena e de Jorge Molder. Lá as sintaxes estão encantadas e as palavras podem ser colhidas com outro ritmo. Pergunto-me se esse encanto vem da técnica do sigilo, que é uma técnica da técnica. A técnica é um segredo. Recolhi a frase a partir de uma conversa entre Filomena e Victória. Em outro momento, ouvindo a composição musical que acompanha a pantera cor-de-rosa, percebi que existe uma grande margem de manobra, um espaço de jogo sobretudo no quesito mimético dos textos literários: a vida da imitação. A imitação precisa viver no imitador. Há palavras que imitam e são imitadas. Todo o teatro está na sala de jantar. As cordas vocais desta noite são as de Teresa Stratas que dá voz a Kurt Weil. A história faz seu *travelling* por todas as idades dos que estão na casa. Ela faz um longo plano-sequência. Nós saltamos no presente. Mantemo-nos na projeção. De repente, a sala de jantar projeta-se no sótão, onde passei a noite. Jantamos também as palavras que, no final, tinham um gosto de amêndoas torradas. As palavras se emparam aos objetos. Elas nos ensinam cuidado e precisão. Mesmo impressas no jornal, as palavras estão encantadas. Como cada objeto da casa, cada palavra tem uma história particular. Não me refiro às etimologias, mas talvez contextos etimológicos, isto é, uma nova carga de sentido que vem do local onde elas foram ditas, dadas, trocadas. Nossos hálitos, nossos hábitos. Na noite anterior, posso dizer que o mundo táctil das fotografias de Jorge Molder veio aos meus sonhos. Tive um sonho. Inútil tentar decifrá-lo. Atenho-me a sua escuridão física com algumas manchas de corpos em movimento e seus rostos distantes. Corpos e rostos nem sempre coincidiam. As fotografias de Jorge Molder possuem uma filosofia ocular. Elas circulam no inconsciente das palavras:

são noite dentro da noite. Elas aderiram as minhas viagens. Confirmam os desvios. Todo e qualquer título para essa história equivale a ruídos de martelada. A imaginação é física: ela é a noite dentro da noite.

Lisboa, 17-18 de dezembro

10.

I.

The heart of animals is the foundation of their life, the sovereign of everything within them, the sun of their microcosmo, that upon which all growth depends, from which all power proceeds.
(O coração dos animais é a fundação de suas vidas, o soberano de tudo nela, o sol do seu microcosmo, do qual depende todo o crescimento necessário para todo o poder).

W.H.

O fantasma do método. Depois de uma aula de literatura vem um esgotamento físico regenerador. Quem ouve? Fico me perguntando quem me ouve ouvindo os passos de um método durante uma aula de literatura: são os passos das palavras, uma pausa sobre um termo ou outro e, de repente, uma mudança de direção. Sim, falamos de método que é um meta-caminho (*metà-hodós*) para se ater à etimologia grega. Mas dela podem surgir outros desvios, como uma ciência das rotas: uma odologia, isto é, uma errância sem máscaras e metas. Ou ainda uma m'tam'rf'se, cuja meta seria o próprio movimento das formas. Todavia, a palavra método se assegura de um mapa que nos orienta durante uma investigação científica: método é um caminho a ser seguido. Descartes que o dispôs numa forma discursiva produziu uma música física do seu método, sendo ela muito próxima da descoberta da circulação do sangue no corpo humano da qual foi contemporâneo. O discurso do método tem sístoles e diástoles. As frases do discurso do método de Descartes têm o ritmo da circulação do sangue no corpo. As palavras têm um caminho percorrido por veias e artérias. Essa descoberta, o sangue circulando no corpo, é a lira do mundo moderno. Talvez tudo tenha começado com um coro. As vozes de um coral de crianças holandesas elas cantam era uma vez o discurso do método num anfiteatro enquanto um corpo é dissecado. Lição de anatomia, título da ópera, tem um libreto De *Motu Cordis*, de William Harvey, em D menor. Cantam as crianças, cantam *Ergo cantatum*. Crianças cantam o *Ipse* do coração, o logos do peito e seu quique de coisa no ego, um ego sem mim, uma bola de boca: o sangue circula *sanguinis*, cantam. Cantam monogramas e cartas, fazem um Ó com a boca e logo um A. As bocas se abrem e se fecham do Ó ao A e do A ao Ó. [cantam] *constat per fabricam cordis sanguinem per pulmones in Aortam perpetuo transferri.* Cantam durante a missa anatômica: *perpetuum sanguinis motum in circulo fieri pulsu cordis.* Cantam com a lógica do coração público. O coração acaba de ser descoberto. Ele bate épico ao som do bisturi: *Corde Calefit.* O público não entende latim, não entendemos o que cantam. Mas é tão bonito. É quase como se não tivessem corpos, apenas alma. Sentimos o peso de cada alma no ritmo da canção. E as palavras ganham carne pelo corte, pelo sangue, pelo crânio com o coração batendo. Ao descobrir a circulação do sangue, Harvey inventou uma linguagem futura do cotidiano. Fundou o logos do coração e sua paixão com seus círculos de sangue. A sedução é um pronto-socorro. O coro termina a ópera: "o coração é o sol", "o coração é o sol", "o coração é o sol dos animais".

II.

Dividido em seis partes, o *Discurso do método* começa pelas ciências, depois pelas regras buscadas por ele, em seguida extrai delas uma moral. Dessa moral, ele prova a existência de Deus e da alma. Na quinta parte é onde ele explica o movimento do coração. Para mim, seu método se esvai quando ele explica a diferença entre a nossa alma e a dos animais. Por fim, ele elenca o que deve ser escrito antes de fazer uma pesquisa que pode ser chamada de experiência da objeção. O método de Descartes vai nessa direção. Sem discurso, o método não passa de um fantasma. Esse fantasma vaga nas aulas de literatura que cada vez mais exige discursos. Escuto os teus passos. Fico em silêncio. Boa parte dos professores de literatura sonham com um método. Aquilo alimenta todo o *Monsieur Teste*, de Paul Valéry, de 1896, e bem antes, Xavier de Maistre, com *Viagem ao redor do meu quarto*, de 1794. *O discurso do método*, de Descartes, é de 1637 e foi escrito ao redor de um quarto. Neste quarto, o *cogito* ainda brinca. Embora dotado de uma voz humana e esteja muito próximo do lugar do *logos*, o Cogito brinca com a própria voz descobrindo que ela não apenas reproduz o timbre humano como imita o som das coisas. A classe está impaciente com o silêncio do professor. Ouço os teus passos. Caminho para imitá-los até que eles desaparecem. Pausa: um *scholar* mudo, nada eficaz. Daí volta a voz professoral que explica que a geografia do método está cheia de desvios. Um deles a ser seguido está na obra de pintores como Zurbarán e Rembrandt. O espanhol pintou *Agnus Dei* entre 1635 e 1640, enquanto que o holandês pintou a carcaça de boi em 1655. O século XVII avança a passos largos com a base dos métodos. "Precisamos estudar a vida", repetem. Todas as avaliações de projetos de pesquisa em literatura perguntam, não apenas pela hipótese, mas qual o caminho que será seguido. Ao que investigadores devem responder com métodos. O fantasma do método ronda as aulas de literatura. A tal ponto que se instala no inconsciente de textos histórico-críticos. História quer dizer distância. Faz-se todo um cerco aos textos literários. Passaram arame farpado. Há um exército. Uma voz de general busca controlar a interpretação. A aula de literatura beira um exercício militar. Um estudante grita que uma língua é um dialeto com exército. O fantasma do método dita as regras da direção da língua. Volto a ouvir os teus passos.

Paris 20-21 de dezembro

11.

Saio do ventre da noite por um trem. Novamente a caminho de Zurique. É apenas às nove e vinte e cinco que o dia rasga os olhos com a luz solar. A navalha de luz solar dura pouco. As nuvens ganham novamente o espaço celeste. Nessas idas e vindas as pupilas se acostumam com a luz do dia. Sinto que respiro e me atenho à respiração. Fecho os olhos, respiro. São os dois últimos dias de aula do semestre. Respiro e respiro. O dia chega de trem. E também tomo um trem para chegar à luz do dia. No caderno escrevo *vida: montagem*, penso em suas descontinuidades que formam a sua continuidade. A comunidade dos vivos tem seus mortos, que se movem na memória com nomes e rostos. O trem faz um percurso ao qual os olhos se habituam. Despertei antes das seis e percebi o teu corpo quente e disponível. Trocamos calor, temperaturas estáveis. Estamos vivos. Sonolento, mas vivo. Levanto-me, escovo os dentes e me visto. O volume do teu corpo ocupa a cama. Tateio o que é necessário para a viagem. Termino de organizar a mochila. Passando pouco das seis, dirijo-me ao metrô. Do norte de Paris desço até a estação de Lyon, de onde o trem parte às sete e quinze. Para chegar lá, alterno as cores do metrô, rosa e amarelo. Chego quase na hora do trem, mas com o tempo para um café. Fixada uma luz tardia na manhã do céu, retomo as notas das aulas. Perturba-me o fato de que esta luz não seja fixa e, à mercê da luz direta, me torno uma marionete da noite. O ventre da noite fala através de mim, encontra expressão nas terminações nervosas da minha mão esquerda. Espanta-me que fale português e que se mova sob a interferência do som dos teus passos. Entro e saio das frases. Nativa e nômade, a língua é fantasma.

Paris – Zurique, 21 de dezembro

12.

Uma frase, outro trem. "As mulheres querem essencialmente felicidade, (...) felicidade, mais do que poder ou a verdade." Copiei esta frase de *Divórcio*, de Susan Taubes. Maria Filomena acabara de ler o livro e o recomendou-me com entusiasmo. Li alguns trechos, mas o que ficou foi a ideia de uma leitura adiada como quem adia um prazer e, sobretudo, o prazer de conversar com Maria Filomena a partir desse livro. Lembro-me vagamente de ter mencionado que essa simples frase responde, e muito, a pergunta de Freud, sobre o que quer uma mulher. Uma pergunta que é totalmente descabida, mas fala muito do seu desejo de resposta não respondido ou, melhor, não correspondido. Há uma vontade de saber desejada na comunidade dos homens. A pergunta nunca ocupou o meu horizonte, pois cresci distante da comunidade dos homens numa casa povoada apenas por mulheres: avó, mãe e tias. Nesse exercício coletivo de vontade, a partir de Freud, percebo que a frase de Susan Taubes faz todo sentido. Estou num trem em movimento, outra vez no ventre da noite. E como saem trens do ventre da noite! Parece-me que pariram e parem destinos às cegas. Mas certos destinos, mesmo às cegas, têm horários, pontos de partida, de chegada, ainda que produzam uma quantidade de atrasos. O trem faz parte da paisagem suíça. Novamente deixo Zurique em direção a Lausanne, para depois pegar outro trem com destino a Paris. Mas cada frase, na sua vocação à citação, pode ser um destino que se põe em outro rumo. Leio a frase de Susan Taubes. Ela me ensina um silêncio que é novo. Tento mantê-lo na ponta dos dedos. O gesto parece banal enquanto escrevo com o trem em movimento e diminuo minuto a minuto as horas que me separam do destino final. De Zurique a Lausanne são praticamente duas horas num trem vazio, com alguns poucos passageiros sonolentos que vão descendo ao longo do percurso. É véspera da véspera de natal. As cidades são festas semânticas. Hipercodificadas, elas não têm uma língua, mas uma linguagem franca. É um repertório de signos aos saltos. Eles fazem parte de um texto móvel que exigem passos, mais passos. Com o final das aulas apenas um dia antes, isto é, dia 22, não sou tão capturado pela atmosfera do período natalino. Depois de cruzar o túnel, o trem fica ao lado do lago Lehman. Da janela deixo entrar a monstruosidade do lago em sua extrema proximidade com os trilhos, e, depois, nos separamos por algumas vinhas. Vejo um cais minúsculo. "Cais": vocábulo de marinheiro, como se não tivesse a impressão de viver entre a casa e o cais. Mais ao fundo, a neblina borra o horizonte. O nascimento do dia é físico. Minhas mãos participam do seu nascimento quando praticam um estranho silêncio neste texto que se escreve. Com seus batimentos de presença e ausência, as imagens de ontem se mesclam com a sensação física desses dois deslocamentos: o meu, físico, neste trem. E o da luz de um dia de inverno. Pergunto-me sempre: por que estou tanto em movimento sendo todo desvio? Quando o entusiasmo e o cansaço se misturam, tornando-se inseparáveis, penso que há afetos imbricados entre verdade e poder. É preciso voltar a atenção do corpo para a felicidade. Sim, a felicidade, o corpo tem ensinamentos cegos.

Zurique – Lausanne, 23 de dezembro

13.

O vinte e três de dezembro foi partido ao meio. Isto é, diante da ameaça de greve dos ferroviários, decidi seguir viagem passando por Genebra. Quando cheguei a Lausanne encontrei com Muriel Pic no café ao lado da estação. Bebemos chá. Conversamos sobre as perspectivas de busca de trabalho no contexto de uma carreira acadêmica. Falamos dos colegas que, ao tomarem conhecimento do término do nosso contrato, deixam de nos cumprimentar nos corredores como se a relação contratual se estendesse até os gestos mais espontâneos. Baixam os olhos e passam. Aprendi a deixá-los passar assim ao longo do semestre. Há algo de vergonha nos olhares que confirmam uma política da qual eles se tornam coniventes. Uma vergonha que se projeta em nós que não assumimos postos importantes depois dos anos em uma universidade na Suíça. Mas há muitas nuances nessa vergonha. A conversa se foi com o chá, pois mudamos de assunto e passamos a conversar sobre os projetos pessoais, o trabalho com a escrita, o que estamos lendo, anotando, etcétera. Depois fomos ao supermercado fazer compras. Ovos, queijo, endívias, chocolates. Seguimos para a casa dela na região *Sous-Gare*. Do sexto andar da sua casa vê-se o lago Lehman, o monstro na sua corporeidade a partir da qual a cidade está distribuída e o mercado aplica a suas leis imobiliárias. Um detalhe me chamou a atenção durante as horas que lá passei, pois da sua varanda e da sua janela vê-se a bandeira da Suíça. Onipresente no campo visual, ela poderia ser um objeto de escrita de Muriel. Essa onipresença gráfica deixa a impressão nos outros cômodos da casa que possuem janela para o lago. Vê-se mesmo sem contato direto a cruz branca no retângulo vermelho. O banheiro é outro exemplo de cômodo. Ela riu dizendo que merecia a cidadania pelo simples fato de estar intimamente exposta à bandeira. Preparei uma omelete que comemos com queijo e salada. Depois voltamos ao chá e aos chocolates. Conversa vai, conversa vem, chegou a hora de pegar o trem. Quatro e vinte e três da tarde foi o horário de partida. Entrar num trem no inverno é seguir caminho para o ventre da noite. A noite tem um motor, ela serpenteia sobre os trilhos. Enquanto anotava parte da conversa que tivemos para um livro sobre a paródia, poesia e montagem, Muriel me deu uma pedra que existe apenas na ilha de Patmos na Grécia. Marrom, branca e violeta, ela tem alguns motivos geométricos que, dita a origem, me fez pensar no livro do apocalipse que lá foi escrito no exílio de João. Chamei-a de pedra do fim do mundo.

Guardei-a no bolso da jaqueta. Com a pedra, surge um trajeto que só a escrita é capaz de realizar: Patmos-Paris. Não demorei a tomar o assento no trem. Instalado, li o poema de Hölderlin, "Patmos". Daí o mote que sempre se repete em refrão: onde cresce o perigo está também a salvação. *"Wo aber Gefahr ist, wächst/ Das Rettende auch."* Lido o poema, repito: vinte e três de dezembro. A outra metade do dia também está no ventre da noite distribuído entre trens.

Lausanne – Paris, 23 de dezembro

14.

Estávamos na cozinha. Munido de um par de fones de ouvido e de um gravador de voz, pus-me a gravar o teu canto, teus exercícios de voz enquanto você lavava a frigideira nova. Gravava a água a correr da torneira, o exercício vocal, alternando-as quando, de repente, você disse ainda cantando que eu estava a por o tempo presente na máquina. Pus o presente na máquina, mas perguntando – em voz alta – até quando ele permanecerá presente. Você riu, e retornou a outra frase cantada. Desliguei o gravador e retirei os fones. Deixei-os sobre a mesa da cozinha. A prática de colocar o presente na máquina vem de muito antes. Talvez de uma consciência mais fotográfica, videográfica e agora mais fonográfica. O presente estava portátil, nos bolsos, à mão. Ele era entregue ao prazer de um tipo de esquecimento. Trata-se de um esquecimento que tem um ritmo semelhante ao de um corpo que dorme. Esse esquecimento produz figurações próprias que ficam à espreita de ser lembrado, de voltar ao presente. Uma lembrança pode ficar dentro de um livro. Entramos em uma dessas livrarias cheias de livros de ocasião. Essa situação aconteceu no sonho da noite anterior. Estávamos nessa livraria, Maria Filomena e eu. Eu abria livro a livro, procurava algo entre as páginas. Os livros tinham capas de couro e suas cores variavam. Não tinham título nem indicação do autor. Havia neles apenas a página de rosto que indicava o título de cada obra. Éramos o presente da máquina naquele sonho. Acordei. O corpo produz um ritmo do esquecimento. Intuo que esse sonho será apagado por gestos cotidianos no encadeamento de ações: sair da cama, mijar, escovar os dentes e preparar café. O presente é um conjunto de apagamentos contínuos. Estudar a vida? Não estamos mais na cozinha. Cada um escreve em um cômodo diferente da casa. Eis outra tentativa em frases, a de acolher o presente sem nenhuma pretensão literária ou artística. Captar alguns dos seus desvios, talvez. O sol e nossos tropismos, eis a coreografia do dia. Quando escrevemos, a casa está sob nossas mãos. Pergunto-me até que ponto sou insensível ao coro das coisas: o metrônomo da casa, cujo som pode vir da luz que se reflete no espelho, no medidor de eletricidade que imita um relógio. Mas esse mimetismo contínuo também se espalha por idiomas estrangeiros ao nosso. Há toda uma dimensão assíncrona entre escuta, compreensão e modos de se exprimir. Não sou um bom mímico das línguas. O metrônomo das orelhas não me permite uma reprodução fônica idêntica ao que escuto ou ao repertório que disponho na memória sonora. A essas palavras, um abrir e fechar de portas dos vizinhos pode recombinar tudo na minha mente: os teus passos sobre o chão de madeira, o som cítrico das frutas e até o fenômeno acústico do floema dos cipós que timidamente avançam na sala. Sim, a dieta de luz do inverno é mais restrita para a vida vegetal. Nossas máquinas domésticas que gravam os timbres das nossas não captam esse presente. Sob o presente de exercícios de canto na vida doméstica, busco manter-me ao som da voz que é toda feita de passos.

Paris, 27 de dezembro

15.

Visitei uma fábrica de fama: da ideia que lhe vem a imagem de si é a de uma lâmina a ser afiada com frequência. Afia a lâmina dia após dia, velando não totalmente a si, mas a imagem de si. Um dia há de usar o gume. Há também aquela chama fragilmente acesa, qualquer fresta pode alterar o ritmo vertical, a direção, o destino. Existem infiltrações do ar frio lá de fora. No entanto, manipula e cuida todo santo dia do gume e da chama, sem se cortar, sem se queimar. Não cede aos apelos do vento, mas aos do pequeno fogo que vive por instantes. Vive enquanto queima. O gume permanece afiado na calma da lâmina. As mãos vivem intactas. Elas mantêm a chama acesa, o fio amolado. Às vezes uma brisa produz uma breve instabilidade na flama. Ela não se apaga. Por outras o olho percorre a firmeza do gume, os dedos não se cortam. As direções diárias são gume e chama. Entre ambas há um repertório de gestos, de movimentos satélites em torno de duas atividades. Um repertório lexical com giros sintáticos com os quais a fala quase canta, as palavras se mantém no calor do hálito e permanecem afiadas nas mãos que as fabrica. Diariamente. Mãos estão à salvo, anônimas. Fabricada, a fama permanece intacta: fora de uso.

Paris, 28 de dezembro

16.

A distância se aproxima. Avanço na viagem. O fio que faço invisível vem de um fantasma fonético. A língua é do tamanho da lonjura, deixa pegadas na medida em que imprime sua ausência longe da língua comum que oprime, festeja, pragueja e até salva. A língua persevera nos erros, nos sotaques, na outra língua que se torna e que há sempre de se tornar quando ainda não está em casa. Ao percorrer os caminhos átonos das palavras se tornam línguas-tentáculos que fabricam fios invisíveis que me mantém de pé a procurar pelo fio vermelho. Se vir um dia, a cor vermelha do fio – ainda invisível – será dada pelos olhos de outra língua. Não se vê o fio vermelho durante esta travessia. Certos fonemas são transportados pela voz que alterna entusiasmo e cansaço.

Combinados, meus fios ainda estão invisíveis. Não encontro o fio vermelho. As distâncias estão abstratas na ponta de cada língua, de cada erro, de cada escuta desviada pela atenção: atenção à atenção e seus desvios. Quanto mais longe, mais próximo fico da distância. As palavras ainda estão quentes no intervalo entre hálito e hábito. Outra vez o despertar se repete e mimetizamos um filme amoroso na cidade que nos agrupa, nos separa, nos agrupa na nossa língua comum, agora filme sem fio vermelho. É um filme com fios invisíveis. Um filme mudo, cujo roteiro vem da cor da nossa língua.

Paris, 29 de dezembro

17.

A arte de produzir datas. Fazem-se datas, imprime-se a fragilidade da ocasião, dando-lhe um dia, um mês, um ano. Monta-se o momento do qual se lembrará no futuro, ou se lembrará que se esqueceu. A matéria frágil passa pelo crivo do metal, do aço, do ferro. Ganha o volume de números e movimenta-se pelo alfabeto até permanecer fixo numa determinada origem. Não faltam ocasiões para a data de hoje, escrita e lembrada em homenagem. Faço uma homenagem à homenagem. Até que hoje desfaz-se em homenagens. Mais datas se fabricam. Se entregam a cada comemoração. Rememora-se cada data. As datas nunca se saturam de efemérides. Sempre flexíveis, recebem novas impressões, novas origens. Uma memória límpida fará outro hoje como agora. Sem manchas de ontem, sem amanhãs. Três terços de agora em ponteiros de relógio: no mundo monta-se uma nova data a qual se lembrará durante muito tempo. A lembrança é um evento que dura mais do que o acontecimento. Esse último precisa apenas de instantes para se inscrever no mundo. O método da data é dado. Dá-se datas. Cada data é dada anonimamente. Os eventos não assinam nomes em datas. Humanos assinam por eles. Dá-se uma data de nascimento e, pois, seus respectivos aniversários dão voltas no entorno. São satélites de uma determinada data que também produzem datas. A data da morte também é dada. Mas dela não se fala em vida, pois é em vida que se distribuem as datas. Os mortos podem viver sem datas.

Paris, 29 de dezembro

18.

Às vezes quando acordo tateio a mesa ao lado para procurar os óculos como quem procura pelo próprio nome e só depois acorda. Mas a mesa ao lado é improvisada. Um improviso que dura quase três meses, pois aquilo que chamo mesa é uma caixa branca vazia disposta na vertical. Foi nela que veio o teu presente de aniversário. O presente chegou depois da data, pois eu estava em Zurique. Fiquei retido lá para votar no segundo turno das eleições do Brasil e, só depois da espera de duas horas pude pegar o trem em direção a Paris. Naquela semana ocorreu algo peculiar quando fui comprar o presente de aniversário. Errava por uma loja de departamentos. Encontrei um roupão, uma toalha de rosto e sabão. Pensei no momento agradável do banho, na água que corre pelo corpo com a memória do verão. Ainda com a presença estival do sol mediterrâneo, saía da loja com o presente, distraído, e sendo cumprimentado pelos vendedores. Era uma peça de teatro e me esforçava naquele papel. Percebi que saia sem sequer ter pago o presente. Pensei na generosidade dos deuses. Agradeci. Mas de repente me dei conta que não queria sair assim. Agradeci novamente aos deuses. Depois voltei e avisei que não tinha pago nem por aquela bela embalagem, nem pelo conteúdo. As vendedoras se assustaram com a súbita cegueira e uma delas pegou a embalagem da minha mão com uma rispidez estilizada. Percebi, todavia, o gesto indelicado. Paguei pelo presente. No dia da votação fui com a embalagem. Havia uma longa fila que durou a leitura de dois cantos de *Os Lusíadas*. Votei e me dirigi à estação central. De trem são quatro horas de viagem, quatro cantos do poema épico do Camões. Dei o presente e também a história. A caixa branca ficou ao meu lado. Na casa de improviso, a caixa é minha mesa de cabeceira. Sobre ela estão alguns livros. Quando durmo, lá ponho os óculos. São eles que busco às manhãs antes de procurar pelo meu nome ao acordar.

Paris, 29 de dezembro

19.

Mas como vim parar neste texto? Ou, melhor, numa série não planejada de textos que não são nem poemas, nem estudo metodológico. Impossível traçar um fio vermelho, dado que meus fios ainda não têm uma cor. O mais próximo seria colocá-los em uma coleção de desvios. Enquanto escrevo estas linhas estou eu mesmo na linha rosa do metrô parisiense. Reli o primeiro conjunto de dezoito textos percebendo que me desviei inclusive da sedução. Estou no texto, ele é um campo mimético por excelência. Um mimetismo contínuo e: paráfrase. Ele não é um campo metatextual, mas um texto físico, com suas palavras, frases e um campo que lhe é próprio. Os passos continuam no mundo da minha cabeça. Não são melancólicos, mas feéricos e eles brincam com os fios invisíveis que compõem esse texto. Estou no metrô. Surpreendo-me estar aqui na súbita repetição de portas que se abrem e fecham. Na bolsa há outro caderno cujo título é "vida: montagem". É um sonho de unidade que se realiza todos os dias sem se realizar. Antes de pegar o metrô deixei alguns panos de prato e uma toalha de mesa na lavanderia logo abaixo do prédio onde vivo. Deixei-os na lavadora automática e me dirigi rumo ao metrô. Agora escuto objetivamente uma voz feminina: *we need to get off, we need to get off*. A voz estava endereçada a um grupo. Ela se acrescenta: *wrong direction!* Veio-me às orelhas o fragmento do *Manifesto Poesia Pau Brasil*: "Uma sugestão de Blaise Cendrars – Tendes as locomotivas cheias, ides partir. Um negro gira a manivela do desvio rotativo em que estais. O menor descuido vos fará partir na direção oposta ao vosso destino". Pela primeira vez prestei atenção ao termo "desvio", "desvio rotativo". O menor descuido nos faz seguir não apenas de um ponto a outro no qual ainda se pode saltar para trocar de direção, mas a direção lhe levará para outro destino. Destino esse que acolho com alegria. Repito. Não sei como vim parar neste texto. Este "eu" salta de fragmento a fragmento, vive em estado de notas e se move pelos destinos dos desvios: há uma ciência errante dos caminhos.

Paris, 30 de dezembro

20.

O anjo do anonimato tocava tudo o que escrevia. Errava de cidade em cidade. Tomava notas. Escrevia ensaios que nunca eram totalmente concluídos. A cada dois anos tinha um inédito que se desfazia quando alcançava uma unidade. Tudo se dispersava novamente. Recebia propostas de editores. Mas nunca concluía algo. Voltava para a mesa de trabalho que podia ser um quarto de hotel ou a casa de algum amigo. E eis que a vida não permitia acúmulos de objetos, de livros. Nunca tinha consigo os que ele mesmo escrevera e quando tinha algum exemplar oferecia a alguém mais próximo, ainda que o português não fosse a língua franca. Mesmo seu silêncio era em português. Errava de cidade em cidade. Sobre o amor, o que sabia temia. E quando amava perdia o medo. Mas o anjo sempre lhe aparecia sem que o visse. Outro ensaio. Outro livro de poemas. Silêncio. Era esse anjo que o protegia. Outra cidade como se cidades fossem cigarros. Fumaça. É inverno. Não para de chover. Ele está nessa cidade. Sente um ar de poucos amigos. Caminha. Para em um restaurante. Descansa. Pede um prato do cardápio: atum. O anjo tem escamas. Retira o caderno e a caneta da jaqueta. Volta a escrever como se pudesse antecipar o ano que vem em planos. O tempo é escala 1. Especula. O anjo sorri. A comida chega. Desenha o percurso que havia feito naquela manhã e de como organizou o espaço mental para comprar prateleiras de madeira, comprar cremalheiras e pensar em uma biblioteca pessoal ali naquela cidade. Os livros não tardariam a chegar. Os olhos do anjo acompanhavam a sua mão esquerda. O ano termina e começa com listas que, ao longo dos dias, se perdem e se transformam. É noite, outra vez a cidade está vazia.

Paris, 30 de dezembro

21.

Há silêncios gordos e magros, magérrimos. Este silêncio é adiposo. Passadas duas xícaras de café, percebe-se a gordura deixada pelo silêncio como certas mesas depois de uma ceia desregrada. Parece que a noite hesita em partir em pleno dia. São 11:13. Ouço os passos do relógio mimetizado pelo medidor da eletricidade. Ele é o metrônomo desta manhã onde cada objeto nesta casa negocia um silêncio específico. Até os pensamentos estão fáceis de ler, mas esses foram afastados assim como as sombras do passado que é este ano corrente em vias de partir. Um ano suspenso por um dia. A paisagem sonora do lado de fora é composta por outro silêncio, mais magro e ágil, a ponto que uma única motocicleta a cruzar o bulevar pode levá-lo consigo. Um silêncio *take away*. A madeira do solo tem um sono leve, porque a gordura deste silêncio vem de um estado letárgico no qual ainda se dorme, mesmo que cada objeto já tenha sido tocado pela luz do dia. Eis o dia que equilibra um ano. O silêncio move-se lentamente. Nem a toalete o move. A boca depois do café da manhã continua sonolenta. A língua neste dia também se equilibra no sono do silêncio de uma manhã gorda. Ainda sob o metrônomo do silêncio desta manhã, a palavra *gorda* resplandece em toda a sua beleza. De matéria untuosa, a lentidão do corpo dessa palavra adere ao silêncio que chega ao meio-dia.

Paris, 31 de dezembro

22.

Um jogo: mapas de falas. Um mapa: jogos de falas. Há falas que abreviam o caminho. E alguns as nomeiam em coro: conselho. Outros, sorriem método. A distância entre conselho e método é longa, além de provar das mais distintas experiências para produzir atalhos. Há falas que aumentam a distância não apenas entre essas palavras, mas também entre palavra e gesto, entre gesto e sílaba. São plenas de desvios, de curvas. Não se fala em linha reta. Ou mesmo em discurso geômetra a linha da fala se perde, seja jogo, seja mapa. Um mapa com os jogos de falas ajuda no jogo de eliminar vozes que se equivalem. Evitem equívocos, alguém fala. Daí os equivocábulos (via Augusto de Campos) cujo limite é "colido ou escapo". Jogo e mapa estão no destino individual de cada língua. Há uma paisagem na lonjura da língua. A língua que tenho no bolso da calça. A língua nas linhas da mão. Esta língua que é a minha não reflete no espelho, mas mesmo de longe a vejo tão perto de mim, íntima. Nessa intimidade estão expostos jogos e mapas de falas. Se falha uma palavra que ouço, afio-o na língua e coloco-a no bolso.

Paris, 31 de dezembro

23.

O fantasma do método. Há fantasmas concretos entre dois corpos. Eles são incalculáveis. Estão na distância da roupa que separa a nudez do corpo na cama das roupas no chão do quarto. Estão lá os fantasmas. Também na distância entre os corpos nus. A vida cortante e adulta entra pela voz de uma cantora americana, cuja voz é reproduzida na vitrola. Ela mantém os fantasmas no ar: concretos e invisíveis, eles não fazem nada a partir dessa distância. Tentam as cócegas a partir do embalo das risadas. As musas também riem. E os fantasmas das musas também. Da conversa sem meta, apenas meteorologia do quarto. Cegos de método, os corpos se tocam. Permanecem em contato: uma mão contra as costas. A outra pousada no ombro. Estão deitados na cama. Não falam de fantasmas, nem de método. Há resquícios de infâncias sob distintas constelações: uma sob a grande ursa, outra, sob o cruzeiro do sul. Sem ocupar nenhuma das duas cabeças, o fantasma do método engatinha pelo quarto. Sem fazer barulho, ele se soma ao silêncio do último dia do ano até que, de repente, para de se mover. Desaparece.

Paris, 31 de dezembro

24.

2022: traduzo a mãe pelo telefone. Não o que ela fala, mas a respiração, o ritmo, o tom de voz e tudo que forma a sua aura vocal. A mãe que é e que não é minha, sua aparição vocal. Seu corpo tem todas as idades e constitui a língua que me fala *mãe*. Respeito cada falha da língua, sobretudo as que não são minhas. Estamos dentro de um carro e cruzamos as pontes que separam o Sena, *droite*, *gauche*. Da direita para a esquerda ensaio uma tradução materna. São explicações gramaticais que têm as mãos na cozinha: um corte específico de cebola, uma maneira de abrir um peixe. É uma língua com receitas medidas em copos de leite e gramas de farinha. Todas, salvo uma que a sua mãe não lhe transmitiu. Sua mãe também cozinhava e disse que lhe transmitiria todas as receitas, salvo uma. Talvez para que suas línguas quase coincidam. E foram línguas que também foram um endereço, um mapa da rua, uma orientação pelo bairro. O ritmo, traduzo o ritmo de uma língua que retrata a vizinhança. Quando falamos emerge uma paisagem com rostos e nomes. Mãe: aqui é uma língua dentro de uma boca fechada de um corpo em prece. Uma língua de fronteiras fonéticas. São dois cortes, duas cicatrizes. Foi por uma métrica materna que aprendi palavras enquanto corria pelos corredores de casas vazias e habitáveis. Há línguas transmitidas com seus segredos, com suas astúcias. Há línguas que não se aprendem, são dadas na infância. Por isso a arte de traduzir a mãe restitui uma infância. Há uma métrica estranhamente materna. Traduzi a mãe, a minha, para passar pela infância de uma língua que me foi dada na vida adulta. Foi ao traduzir a mãe pelo telefone que veio uma lição estranha: a de se perder no próprio tom da voz que não é meu e que reproduzo. No romance *Em busca do tempo perdido*, a avó de Marcel morre no *Caminho de Germantes*. Vago por esses dois breves parágrafos, projetando a ideia de recortar trechos de Proust à minha avó que se foi antes que eu terminara a leitura da *Recherche*. Mas sua voz estava lá, seu ritmo está nesses dois parágrafos. Na lembrança dos cabelos brancos que coroaram seu rosto rejuvenescido. Na literatura, os resíduos de experiência se encontram e se transformam porque a realidade não basta. Foi em *O tempo recuperado*, que Proust escreveu que, se bastasse, uma "espécie de filme cinematográfico" seria suficiente e a literatura poderia ser excluída da vida com toda a sua carga de estilos. Vive-se também de saltos ao inverificável e de modos de traduzir numa única voz as mais diversas formas de existência. A voz traz um livro essencial ao qual se referiu Marcel, ainda em *O tempo recuperado*: "esse livro essencial, o único livro genuíno, um grande escritor não precisa inventá-lo, no sentido comum, pois ele já existe em cada um de nós, e sim traduzi-lo. O dever e a tarefa de um escrito são os de um tradutor". Traduzo a voz da minha mãe ao telefone: se depositei o corpo da minha no fragmento de Proust, o corpo da voz da minha mãe estava nos resíduos do que li da *Infância em Berlim*, de Walter Benjamin. "Eram ruídos noturnos. Nenhuma musa os anuncia." Benjamin se refere a uma voz adormecida no aparelho. Uma voz que nasce e adormece no som. É uma voz que não é apenas a extensão do corpo, mas um corpo em si, efêmero, que encontra uma correspondência no número discado. Essa comunicação permanece estranha para mim. Mesmo não tendo um nível telepático, o transporte de fonemas, das sequências de sílabas que formam palavras e das palavras que geram um discurso ou conversa. Traduzo para ela não a voz da mãe estranhamente minha, mas os resíduos semânticos dos votos de feliz ano novo.

Paris, 31 de dezembro

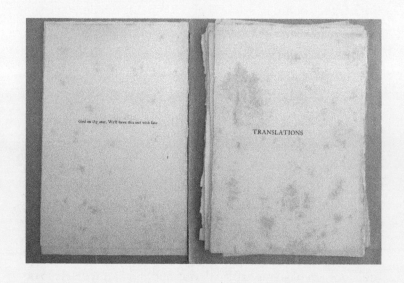

"Cingir a tua estrela. Vamos ter isto com o destino" E.P.

Janeiro

25.

Observações de uma noite de réveillon. Era uma grande cozinha em uma casa ainda maior no quinto distrito de Paris: vestidas de preto, as mulheres estavam preparando a ceia. A genealogia estava nas panelas pesadas. Ela se estendia ao forno do fogão. Uma nova genealogia se preparava. Era estelar. Não apenas porque uma das mulheres estava grávida, mas pela repetição de uma cena: mulheres na cozinha. A língua delas era compartilhada entre cozinha e música. O *cogito* estava no salão. Ali as conversas tinham um tom dissertativo. Era necessário desenvolver uma ideia com seu argumento e seu contra-argumento diante de uma interlocução mais atenta. A conversa se servia dos convidados para ser conversada. De Ezra Pound, havia anotado um de seus versos: "cingir a tua estrela. Vamos ter isto com o destino." Tinha fotografado o verso que do próprio poeta, posto na abertura de algumas de suas traduções. Foi nos arquivos de Pound em Yale que li, escrito à lápis em um envelope, que ele buscava a coragem da calma. As notas se perderam, mas mantive a expressão como a retive: a coragem da calma. Veio então o poema "Ité", que vem do latim e quer dizer, "vai". Pus o imperativo no plural: "Vão, minhas canções, busquem suas preces junto aos jovens/ e aos intolerantes,/ Movam-se pelos amantes da perfeição apenas./ Procurem seguir firmes na dura luz sofocliana / E tire dela alegremente suas penas".[1] Algo naquela configuração trouxe o poema de Pound e a imagem das caixas dos seus arquivos em New Haven. Em um dos envelopes estava a frase manuscrita: a coragem da calma. E como aquela frase me acalmou! Na passagem do ano, nos aproximamos das nossas estrelas. Dançamos ao redor delas. Esse é um exercício de intimidade cósmica. Da cozinha, ouvíamos uma ou duas frases que caíam no chão da sala. Ríamos. Ríamos não do cogito que escorregava ou da cebola que fazia alguém chorar durante o corte, mas da própria combinação de música, cozinha e estrelas. Na mesa da cozinha, as sortes permanecem indivisíveis. As frases tintilam. Mesmo sem falar nos dizíamos *saúde!*

Paris, 1 de janeiro 2023

26.

Hölderlin urucum

Para André Vallias

nas águas salgadas
Thalassa Thalassa

---

[1] Go, my songs, seek your praise from the young / and from the intolerant, / Move among the lovers of perfection alone. / Seek ever to stand in the hard Sophoclean light / And take you wounds from it gladly.

a palavra urucum
banha os pés no novo ano
são sete ondas cantadas
no ritmo ameaça-salvação
urucum o mar mediterrâneo
desagua nos trópicos dos trópicos
pura tração da maré
e volta na tradução das águas
leva e traz a sorte o
vermelho transporte:
urucum urrot, urrubro, ururgente, urencarnado, urescarlate
vermelho antigo por onde
a língua começa no ano
com Hölderlin ameríndio
regente do vermelho
mais vermelho: urucum.
o coração bate
Patmos Rio Negro Xingu
a floresta anda, nada encantada
traduz o vermelho das águas da apocalifloresta
mesmo nos cipós da palavra cipó
bate inscrito na língua carmim urucum
– tão lusa quanto guesa –
é uma língua emplumada
cujo signo bate as quase asas
numa diáspora vermelha
agora vermelho, agora urucum:

Hölderlin é puro urucum púrpura
o mar ruge a língua traz e leva
traduz as sete ondas encarnadas.

Paris, 2 de janeiro de 2023

27.

Em plena corrente cardíaca do ano, um novo ano pulsa no corpo. Faço seu inconsciente ter carne. Sorrimos, somos o inconsciente do tempo, o "isto" que escorrega entre os dias. Carolin Meister e Jean-Luc Nancy fizeram um livro diálogo intitulado *Encontro* (*Rencontre*). A etimologia é um dos modos de responder à sensibilidade das palavras. É onde se encontra e se inventa as origens. A literatura organiza o seu destino. Ela é o destino dessas origens. Tanto em francês quanto em alemão, um encontro transporta uma memória do "contra" (*contre*, "gegnung": *gegen*). A página vinte e dois é uma pequena obra-prima. Tive a vontade de arrancá-la como tenho vontade de arrancar algumas páginas de livros que leio. Indo na direção desse gesto brusco, coletaria páginas que fariam parte de um conjunto diverso, heterodoxo, mas que poderia, a partir dele, estudar as oscilações de leitor. A força semântica de determinadas páginas aciona um desejo escópico de uma antologia visual de páginas fora de contexto de seus livros. Isso geraria outros encontros que não teriam nenhum método. Mas não é arrancando uma página de um livro que irei torná-la minha, é preciso saber contá-la. E como posso contar a página 22 do livro *Encontro*? Começo a contar para mim mesmo que há encontros que precisam ser desfeitos, literalmente desamarrados para serem frutíferos. Essa particularidade que está um pouco em cada encontro me faz agir em paráfrase, contar e contar de novo a experiência dessa página. Um texto é um encontro: ele é local, encontro, modos de convivência ativados pela atividade da leitura. Mesmo antecipações e atrasos fazem parte desse encontro com seus apetites, odores, escuta, olhares, toques ou o que poderia ser o engajamento no mundo com os sentidos. Quando dizemos que isso é um encontro até o "isso" se torna um lugar e encontro capaz de receber fragmentos. Com paráfrases e desvios continuo na página vinte e dois e concluo repetindo que o encontro surpreende e extravasa toda condição determinável. Não tão longe das palavras que nos tocam, somos etimologias que perambulam. Etimologias dotadas de inconsciente. Não somos apenas etimologias corcundas a calcular o passado com uma mão no rosto e com a outra segurando compasso como a melancolia, de Dürer, mas corpos flexíveis nos devires, fazendo com que o tempo presente não canse a vida. É nessa saúde frágil que a vida repousa e vai contra. Na página vinte e dois do meu exemplar do livro tenho manchas, anotações e passagens sublinhadas. Dentre elas está aquela que afirma que há encontros que devem se desfazer para serem frutíferos. Com a ideia de encontro, tudo é possível: encontro entre momentos ou fragmentos.

Paris, 2 de janeiro

28.

Uma boca-catedral, disse ela. Mas não há catedral sem ossos, sem hóstias, sem moedas. Essa é a lição da matéria dada por Cildo Meireles. O artista fez uma instalação intitulada *Missão/Missões: Como construir catedrais*, de 1987. Os étimos das catedrais são ossos, lastros das palavras. Eis que nesta catedral dentada brilha uma origem para a palavra "fantasma" que, do grego φάντασμα, significa "fazer aparecer" ou "mostrar". "Eu desvelo, eu faço visível", me disse um estudante que me guia e me ensina que o verbo φαίνω – phaínō – vai na direção de "eu mostro, eu ilumino". φαίνω e φῶς são atribuídos à mesma raiz indo-europeia *bʰeh$_2$- "luzir, brilhar". Agradeço ao estudante e faço desse fantasma uma raiz que brilha. A filologia expõe as raízes brilhantes, as raízes que por sua vez são fantasmas. Eis que um excesso de luz nos expõe aos fantasmas: "phos". Cada palavra transporta substância e aparência, vibrando de acordo com a luz. A substância muda de acordo como ela é transportada. Cada palavra tem luzes portáteis. São fósforos, lucíferes. Uma boca-catedral tem uma arquitetura composta de língua, gengiva, dentes. A língua é um átrio que se move. Essa boca é escura. As palavras entram em combustão quando entram em contato com o ar. Há luzes portáteis que se apagam rapidamente. Mesmo desaparecendo muito rápido, cada palavra dispões de uma ancestralidade. Elas vêm de todos os lados: de empréstimo, de saques, de assaltos, de roubos. Ditas sempre deixam um rastro. Mesmo fechada, a boca-catedral dispõe de palavras em contato com o ar. Queimei a língua.

2 de janeiro de 2023

29.

Um anjo ágrafo vaga entre parágrafos. Ele é sopro. Se perde com a fumaça dos cigarros quase todos fumados. Cidades, cigarros. Dois de janeiro. O anjo entra e sai dos pulmões. Conhece a linguagem da fuligem. Ignorando o que dizem vozes defumadas, guarda os ruídos de pigarro. As palavras saem misturadas com o gosto de vapor da vida. A distância dos corpos se mede pelo consumo de eletricidade durante noites frias, respiradas. Passa um ônibus. Dois. O anjo ágrafo caminha entre parágrafos, no sarro dos textos. Suas asas de fumaça fazem com que ele evapore ao menor sinal de olhos. As pestanas queimadas conhecem a sintaxe do fantasma do método. Dois de janeiro e o anjo encontra a matéria da existência no vapor das palavras, na fumaça dos escapamentos, na nicotina codificada em cigarro. Séculos de colonialismo para o tabaco doméstico, disponível em mínimos rituais da espera: eis que alguém fuma sua existência. Os pensamentos são expelidos. É tão físico. Não há segredo na fumaça, matéria das asas do anjo ágrafo que se orienta na cidade dos parágrafos.

Paris, 2 de janeiro

30.

Discurso sem anjos, nem musas, só fatos: solicitam em timbre vocal equilibrado, neutro. O sujeito está oculto e é exigente: fatos sem musas, falas sem anjos. Mas explicações. São explicações que bastam por si. A lógica do como funciona. O que se sabe. Faz-se uma coleção do que se sabe, uma grande história do mundo experimentado, sem erros. Uma grande história. Uma antologia de acertos. O que deu certo. Eis que o professor repete a mesma aula dada no semestre passado e do semestre anterior. Vê-se a foto de Roland Barthes nos slides. A aula é quase imutável: a morte do autor. Há alunos que no espírito da paródia repetem – apenas entre eles – a morte do professor. Mas é um discurso sem anjos e musas. Fora do discurso ficaram até mesmo as musas militantes. Mas toda musa é militante da memória, diz um aluno ao fundo. Elas são de uma militância pelo ritmo. Um ritmo com musas e anjos. E também as musas das musas e os anjos dos anjos. Como também existem as musas dos anjos e os anjos das musas. As musas e anjos não têm discurso. Não articulam a linguagem no seu silogismo. Não, são seres de silêncio. O professor profere o seu discurso sobre a morte do autor. As musas mentais passeiam pelo silêncio e ficam protegidas enquanto seus nomes não são pronunciados. Não há tempo para devaneio quando se fala sobre a morte do autor. Que os colegas não tenham musas. Musas apenas fora dos muros da universidade, talvez aos domingos. Se aparecer alguma no horário de trabalho vai ser analisada. E repete um coro de assistentes: discursos sem musas, só fatos. As musas estão sem crédito. Os anjos, sem fé, se sustentam na fumaça, no dióxido de carbono. Um anjo, aliás, é sempre composto por uma matéria fraca que vai em direção ao imaterial – fumaça –, e pode existir ainda que numa breve mancha de vapor. Sua existência efêmera encontra morada no hálito do professor. Ainda que não sejam evocados verbalmente ficam ali nas várzeas do saber. Sobram, portanto, discursos com figuras de estilo, de linguagem. Cara ou coroa. Se houver erros de linguagem, que sejam por catacreses: a boca do fogão que não beija, nem o braço do sofá que não gesticula. Afirmar um discurso em boca de fogão e em braços de sofá naquela aula seria algo sem pé nem cabeça. Mas as coisas substituem o exílio de anjos e musas. Um sofá e um fogão encontram seu uso banal no verbo e no espaço doméstico. A saída é pelo exórdio, entra-se pelas perorações e pratica-se frases com pés e cabeças. Frases que ficam de pé. Frases que andam e que pensam. As frases dos fatos. Sem anjos, nem musas. Mas, e a musa da eletricidade? E os anjos ágrafos com asas de fumaça? Não são anjos, apenas fumaça, o espírito do tabaco, que visita os pulmões. Ritual sem ritual que garante a tautologia de um discurso com pés e cabeças composto por fatos. Sem musas, sem anjos.

Paris, 2 de janeiro

31.

Quando o tempo presente está cansado, desconfia-se das palavras. Elas se descarregam do significado literal. Daqui a pouco, amanhã, depois. Em cinco minutos. E ainda ontem, ontem valia *ontem* e também *também*. A noite daquele encontro, o que faz ela aqui nesta zona de texto? Uma zona de sombra provavelmente.

Meditação absurda, que não passa por uma carta mais longa. Nós temos uma longa correspondência. Os referentes daquela noite foram apagados. Ficamos nós dois. Sabe-se apenas que era noite. Não se sabe a cidade, nem se pode extrair dela as suas ruas e raros passantes na zona escura, isto é, o texto no qual estamos agora. Nossos passados filológicos estão distantes dos paleógrafos. Nem sequer chamamos filologia estes batimentos do coração, o sangue e o sêmen, a saliva ou nós dois juntos deitados na cama acordados enquanto o dia não amanhece. Não entregamos nossas vidas à ciência e esperamos que nossos gestos e textos passem idôneos no tempo fora do campo das análises e dos comentários. Nossos passados são nossos passos. Caminhamos famintos entre frases fantasmáticas. Ouço os teus passos. Foi ali que os ouvi pela primeira vez. Antes, não sabia que podias sair da biblioteca, que caminhava pelas ruas e que agora também passeias por estas frases longe da tua língua e do discurso do método que a mantém calculada até mesmo no acaso objetivo. Há frases que apenas orientam aqui é uma rua, ali uma calçada. Um muro, um ponto de iluminação pública. Há outras delas que solicitam um instinto gráfico na noite em que nos movemos. O método tem suas razões sentimentais. Ele é todo sentimental e obedece à razão do coração. Quantas vezes a palavra "coração" bate no seu discurso: oito vezes? O método do coração faz o presente bater. Poderíamos chamar aquela noite de Patmos, mas seria por demasiado dramático e, além disso, estávamos longe do inverno. Era primavera. Nem intuíamos o verão ou este inverno.

Paris, 2 de janeiro

1.

O método: inventar um coração. Um coração que bata fora do corpo, que palpite no ar, oxidando em palavras e seus gestos de vésperas. Por um coração volante! A história dos ritmos humanos se bifurca na batida física do coração e no movimento dos ponteiros de um relógio. O coração do mundo tem um mimetismo infinito, é *cronos*. O coração dos humanos é *kairos*. Um coração inventado inaugura um ritmo de coração público. É o ritmo de uma intimidade exterior, na qual corações íntimos encontram um abrigo temporário em um ritmo de frequência curta ou ampla, sendo sempre o de um coração não biológico que bate lá fora dos corpos. Um coração inventado, outro, que é ouvido pelos corações que batem, humanos e do mundo. Há tantos outros corações em vida. Corações simultâneos que batem no fundo das águas no corpo de um polvo, que sustentam no ar um par de asas, ou que lentamente se movem em corpos com lama e musgo. Corações sem centro, emplumados, com escamas, microcorações macrocorações estão na ação da vida: no *epos* da *bios*, diria um catedrático em uma aula ou peça de teatro. É que a vida tem muitos corações. São microcorações a bater milimetricamente a vida – toda vida é épica, a começar pela respiração. É épica a forma de vida dos mortos. O estilo deles num piscar de frases, no abre-fecha boca de vivos, na brevidade dos gestos. O coração migrante dos mortos bate fora de seus corpos. É o coração que nos põe para dormir, que nos acorda. São corações insones, os dos mortos. Há ainda os corações gráficos pichados na pressa das ruas, grafites. Há também o coração na quinta parte do *Discurso do método*. Esse coração que bate está longe dos cometas, do comportamento dos corpos transparentes diante da luz e sobretudo das estrelas fixas. E, no entanto, ele bate. Bate com suas onze membranas, com suas artérias, com aorta, com todas as ramificações de um músculo que bate mesmo durante a nossa maior distração. No cinema, no supermercado, na rua, na cama, enquanto fazemos amor ou dormimos, ele bate. Bate até fora do tom do discurso, do método, dos tratados de medicina. Desenho um dos corações do discurso do método. Desenho-o na rua com orelhas. Quem parou a leitura do discurso de Descartes no "penso logo existo", não imaginaria que ali tem um coração que bate sem cogitar. E o coração do *cogito* é um desses corações que se inventa. É o *cogito* coração que está na rua, em cada poema, que oscila sob o som dos teus passos enquanto caminhas cansada depois do trabalho. E, portanto, caminhas, e passas por estas frases, até que um novo coração é inventado. Ele circula secretamente no espaço público. Sem discurso, sem método. Um coração sem precedentes. Todo *cogito* em sigilo. Além das orelhas, desenhei dois olhos no coração. Um lado maior que outro. Descartes via essa diferença na artéria, há sempre uma quantidade maior de sangue de um lado. São esses corações que perduram em grafites, em cartões, em mensagens amorosas e até mesmo no vapor de um desenho feito enquanto você toma um banho quente e, contra o vidro desenha um respeitando a parte venosa e a arterial. Inventamos corações até mesmo quando fazemos das mãos duas cavidades. E o coração sai das páginas do *Discurso do método*, ganha os quadrinhos, circula pela imagem do sagrado coração, um coração com chama, com chagas. No dicionário o coração é oco. É bom que seja não apenas para receber o sangue que circula, mas também para receber os ecos das próprias batidas. Ao abandonar o discurso, o fantasma do método inventa um coração. Íntimo-público, ele bate coração do coração.

Paris, 3 de janeiro

2.

Cada método tem seus mecanismos de projeção. Cada método tem seu fantasma. Descartes enfatizou toda a conduta da nossa vida depende dos nossos sentidos. A visão é a que obteve a maior importância. Microscópios e telescópios partilham uma tautologia do que deve ser descoberto dentro e fora do corpo humano. Penso em Jacques Metius, citado por Descartes. Fabricante de espelhos, de vidros queimados, Metius era um artesão holandês que fez figuração no grande clássico dirigido por Descartes: *A dióptrica*. Do artesão, Descartes passa a explicar os olhos e depois a direção da luz do sol. Não é apenas uma diversidade de cores que se vê, mas também imagens agitadas que circulam no espaço. Descartes, sirvo-me da tua imaginação, para dizer que são restos de palavras que circulam no ar: fragmentos de conversa, insultos, declarações de amor. Todos esses restos ficam no ar. Por isso, gostaria de me dirigir às orelhas e seus martelos, bigornas e estribos. E o tímpano que os protege, que torna um mundo audível: Ouve-se o discurso, ouve-se sobre o método. Mas compartilhamos um mundo entre cegos e surdos. Surdos-mudos: tateia-se. Mas há um cego com uma bengala no texto de Descartes. Ele tateia a luz das coisas. Há um gato que vê durante a noite. As leis dos movimentos estão nessa lucidez matemática. A conduta da nossa vida depende dos sentidos e tanto das regras quanto dos desregramentos deles. Mas com o coração no peito – o comum – seguimos até mesmo desavisados dos sentidos. Os passos ganham espaços. A escala da escuta cria outros canais, aceita interferências, notificações. A nossa atenção está gasta e se renova. Vemos e somos vistos a ponto de esquecer dos olhos – salvo no caso de um grão de areia que interrompe a olhar – esquecemos sobretudo da distância entre cada um deles no nosso rosto. A anatomia nos dão regras e as quebramos dentro dos limites do corpo. A motricidade do corpo nada imita a não ser ela mesma. Até que, pelos sentidos, somos guiados. Cada movimento é criação mesmo quando nos repetimos, nos perdemos em hábitos. O corpo não se imita, mas, a partir de uma autonomia que lhe é própria, dispõe de uma posição móvel. Os olhos projetam aquilo que vemos. Somos ângulos na medida em que mobiliamos o mundo com nossas sombras. Estivesse no escuro, o tratado seria outro. É noite. Olho para o teto, você dorme ao meu lado. Fecho os olhos.

Paris, 4 de janeiro

3.

A luz das nove da manhã pela cozinha produz diversas possibilidades fotográficas. Enquanto lavo a louça pouso o olhar sobre a lata de sopa de lagosta aberta e vazia. Faço uma fotografia mental. Observo ainda as duas cascas de ovos ao lado de dois outros ainda na caixa de papelão. Outra fotografia. A terceira vem da mesma parte, ao lado da pia. Uma couve-flor menos um quarto da sua parte. Expõe uma geometria do corte. Ao lado do alho-poró, as louças estão a secar. Faço outra fotografia mental de metade de uma torrada ao lado de uma chaleira marrom. A torrada está pousada sobre uma tábua de corte. A luz é tátil. Posso tocá-la com os olhos. Mesmo no inverno, ela libera calor. Faço outra fotografia. Desta vez aparece a capa da edição da correspondência entre Descartes, a princesa Elisabete da Boêmia e a Christine da Suécia. O que é chamado de fotografia pode ser uma maneira de fixar as ações da luz e as paixões do corpo. As imagens agem. São vapores que nem sempre se deixam fotografarem. A partir de condições particulares da luz, uma imagem é uma aparição: anjo, vapor. Diz-se que na Bretanha faz-se um bom tempo muitas vezes por dia.

Ploubazlanec, 5 de janeiro

4.

Aula de literatura. A questão veio na noite passada sob a forma de um sonho. Uma longa caminhada me fez apenas repeti-la em voz alta, vindo a dimensão física da palavra que pode ser medida a passos. As meditações ao ar livre sobre a expressão aula de literatura produziram a imagem da boca de átrio dos professores, da dimensão pública da palavra que toma ar para sair dos livros. A boca é um espaço público, uma ágora portátil ao uso de conversas, aulas, discursos, comícios. Eis que um corpo de professor dispõe biologicamente de um aparelho fonador que contrabalança o que se vê, que equilibra, inclusive, os olhos na cabeça, sem deixá-los cair no branco da noite pela qual passou. Há uma preparação física do espírito, um treino com indisciplina. E quando se fala em treino ressurge, da escuridão desta noite que compartilha da matéria simbólica da escuridão, o método. A projeção de um metacaminho que pode ser chamado de plano da aula. Há professores que têm a aula na língua e a mantêm ali enquanto tomam café, caminham atravessando a rua, desviando dos perigos da malha urbana mesmo protegidos por semáforos. Passam incógnitos pelas estátuas e monumentos. Seu corpo amoroso segue, apaixonadamente crítico, pois a crítica desperta afetos, outras paixões. Ele leva a aula no corpo ao modo de um treino do instinto: corpo e aula. *Aula*, que palavra para os professores! E também para os estudantes. Aula não deveria dividi-los em polos distintos e até opostos. E de repente em meio a uma crise nas literaturas surge uma paródia de Luigi Pirandello:

Seis professores em busca de um estudante. Eis o estado das coisas. Walter Benjamin escreveu em "A vida dos estudantes" que era preciso "fundar uma comunidade de pesquisadores no lugar da corporação de funcionários públicos e portadores de diploma acadêmico". Nesse ensaio de 1915 ele anuncia um desvio, o das ciências que, através de um aparato profissionalizante, foram desviadas de sua origem comum, fundada na ideia de saber – e agora o cito sem aspas – a qual agora se transformou para elas em mistério, quando não em ficção. Nessa ficção existe uma vontade de parar a vida para estudá-la. Fixá-la. Interromper a energia em movimento para retirar dela, quem sabe, um fantasma do método. Uma aula demanda um lugar e um repertório de gestos. Citações, páginas, edições, traduções fazem parte dos resíduos materiais que animam a dicção daqueles que dão aulas de literatura. Dar aulas é um ritual de dom. Eis que, ao som dos passos, a pergunta inicial se multiplica em singularidades: o impacto de cada aula de literatura no mundo. Há aulas de literatura que perduram na memória através de fragmentos enigmáticos, por frases dispersas, por uma citação ou uma menção a uma personagem. Há poemas que escapam da análise: o limite do tempo da aula também o salvou.

Ploubazlanec, 6 de janeiro

5.

A parte do fogo: depois de uma longa caminhada cheguei à capela da Nossa Senhora dos Marinheiros, a Capela da Trindade na Bretanha. Abri a porta menor e entrei. Estava vazia. Perto do altar tinha algumas velas. Pus algumas moedas no cofre, servi-me de uma vela e da caixa de fósforos na qual também estava escrito lucifers para designar uma luz portátil. Deixei a parte do fogo na vela. Derreti a parafina da sua extremidade para fixá-la na pedra que estava ao lado. Por essa pequena caixa de fósforos – lucifers –, a capela poderia acolher a Nossa Senhora da Filologia. Meus ouvidos estavam ocupados a pensar na singularidade de uma aula de literatura: o fantasma do seu método. Neste caso, à beira-mar, a literatura marinha ocupa diretamente a imaginação. Para nós, é inconcebível imaginar um Homero sem *Ilíada*, nem *Odisseia* envelhecendo tranquilo em Ítaca. Ele seria apenas mais um dentre tantos outros homeros. No entanto, navegou, naufragou, navegou cantado pelos aedos-cantores ao longo da história e está sempre em devir. O argumento dos cantos de Homero é que Odisseu não queria ser esquecido. Apoiando-se na memória, Homero se faz presente. Todavia, não seria a memória, mas o ritmo de tais cantos que precisa ser recobrado por gestos coletivos. Existem invenções lentas que são chamadas tradição. Nela, tantos anônimos trabalham por Homero, por Odisseu, por Tirésias, por Circe, por Penélope, por Elpenor, pelas sereias. Canto a canto, eles marcam um ritmo. Pulem seus hexâmetros. São tantos os tradutores, críticos, professores que recordam os compassos de ritmo, metro, medida. É a vida medida nos limites da *hubris*. E no tempo de uma aula toda uma épica do signo-vida se transfigura numa época da vida-signo. Semáforos se mesclam com os naufrágios diários na vida urbana. Explodem selvas de signos. A vida da coragem mudou. Às vezes desliza para uma assinatura, uma promissória ou para uma caixa de fósforos. Dentro da capela, o som dos passos se fazem parte do fogo. A filologia e a concretude das coisas se encontram naquela caixa de fósforos. Estando as etimologias nos ossos da palavra, deixei moedas e a parte do fogo em troca deste texto.

Ploubazlanec, 6 de janeiro

6.

Movo-me através de cenas em primeira pessoa. E quantos gestos que não me pertencem passam por mim, chegam migrantes até este corpo que respira. Sei disso porque sinto o bater do sol. Estou vivo. Saio de casa, caminho por um local que não estava no repertório de rotinas. Sobretudo caminho. São passos sobre uma pequena cidade francesa. As roupas se repetem sempre. Aliás, parei um pouco de pensar nelas. Estou apenas com alguns livros, dentre eles, a correspondência de Descartes com Elisabeth da Boêmia e Christine da Suécia. Exerço a primeira pessoa fora de um contexto sedentário. Em turista, pode-se dizer. Mas uso a região para caminhar, para respirar os ares à beira-mar. Toda a condição esportiva está em um novo par de sapatos para caminhar sobre terrenos enlameados ou rochosos. O mar nesta região se afasta daquele do poema de Valéry, recomeçando sempre, pois quem entra em ação são as marés. Elas evacuam grandes espaços da praia a ponto que, ao meio-dia, o mar é visto de muito longe. O cemitério é outro, quando se sente o odor das algas e de outras vegetações marinhas que apodrecem sob o sol do inverno. Há pequenas embarcações encalhadas. Sendo um dos raros pedestres, meu corpo se torna fantasmático a caminhar tanto pelos rochedos quanto pela pequena cidade ao som de automóveis que passam de vez em quando. Ignoro o dia da semana e o pequeno ritual de horários da cidade. Repito-me, caminho. Valho-me da primeira pessoa ao som dos passos sob a lama. Um *eu* que vale por um *ele* ao se deslocar por uma paisagem insólita.

Ploubazlanec, 7 de janeiro

7.

Uma aula de literatura é uma lição de anatomia quando o professor mostra o corpo do texto para um grupo de estudantes. Um antebraço aberto de um cadáver masculino com os nervos à mostra é o motivo da pintura de 1632 feita por Rembrandt: *A lição de anatomia do Doutor Tulp*. Disseca-se um texto em sala de aula. Abre-se o corpo do texto, expondo os nervos de suas frases. Além disso – e sobretudo – busca-se as vísceras do texto, o que foi devorado e metabolizado da realidade que o cerca, o desejo do real. No mesmo espaço, um poema é escandido, o tempo e o espaço da prosa são medidos com a cautela das sílabas poéticas. Os gêneros são explicados. Um intervalo de quinze minutos pode separar a tragédia da comédia. É na virada do século XVI que o método encontra sua rota principal. Da descoberta da América à autorização da dissecação de cadáveres masculinos em Amsterdã, terras incógnitas foram desvendadas, expostas e mostradas. Entre mapas e dissecações situa-se a metafísica. Em uma carta à princesa Elisabeth, Descartes escreveu que se dedicava poucas horas do ano às questões que lhe ocupavam a imaginação. Todo o resto do seu tempo foi dado a sentir os sentidos e a relaxar a mente. O método é o resto. Ele é um fantasma que age e que busca eliminar cada vez mais as chances do acaso. É o que se conseguiu quando se buscou reduzir as chances do acaso para calcular melhor a existência humana sobre a terra.

Ploubazlanec, 7 de janeiro

8.

A instabilidade do sim. Um sim é uma chama que se move inconstante. Perto do pior da imaginação ele pode oscilar ainda mais, até apagar, sumir. Um sim e suas lições de fogo também depende da direção do sopro. Da intensidade e do ritmo que pode fazer com que uma breve chama encontre um modo de se propagar. E de permanecer na sua concisão de fogo. O som do sim crepita na matéria onde se propaga. Aquece, o sim. Acena. Um sim é a menor utopia do mundo. A brevidade do seu som pode sobreviver às tempestades e inseguranças. Sim, o fogo exige a sua parte quando se escreve sobre ele. Um sim é um instante que pode marcar a passagem de um lugar a outro, atravessar uma fronteira e reorganizar um mundo. Há sins que são ditos uma vida inteira e outros que se perdem na própria noite da tempestade. Um sim dito na semana passada pode não valer nos dias subsequentes. O que pode um *sim* numa aula de literatura? O sim da musa do poema de Anna Akhmátova? A musa que só sabe dizer sim. O sim extático da página final de Ulysses, no monólogo de Molly Bloom? O sim orgástico diante da vida. A cada sim uma direção que inclui a força que nega tudo aquilo que pode apagar a frágil e instável vida de um *sim*. Menos de um segundo, um sim, mesmo quando suas chances sejam raras, abre-se uma ocasião. O sim é uma vontade de chance.

Ploubazlanec, 8 de janeiro

9.

Ponho os fones de ouvido para ignorar os avisos do trem. São sete horas da manhã e vaza pela janela um pouco da noite da cidade nas suas ruas pouco iluminadas com palavras de neon. As luzes dos postes se misturam com as dos carros que atravessam um viaduto. São *flashes* até que o trem ganha definitivamente a linha férrea e abandona o seu ponto de partida. Repito o trajeto de viagem ao som de *A place called home*. Estou no ventre da noite. Não preciso tirar disso nenhuma ideia de literatura. Não vou lecionar hoje. Essa frase poderia ser título de um livro para sustentar os limites físicos de um grande jogo de poderes na Universidade. Mas não apenas isso, pois tem nela algo de um humor atmosférico quando o "não vou lecionar" está acrescido do advérbio "hoje". Sigo acompanhando a voz de P.J. Harvey embora saiba que fora dos fones de ouvido esteja apenas o ruído do trem que avança no dia que tarda em se expor ao sol. Atenho-me ao presente deste deslocamento com os livros que me chegaram ontem à noite. Começo a leitura de um deles até ser interrompido pelo controlador que pede para checar o bilhete. É durante o momento do controle que me vem a ideia que este trajeto é um ateliê: um espaço de escrita naquilo que ele tem de objetivo. Faço de cada deslocamento uma zona de texto que existe durante a passagem física da noite ao dia ou pelo menos das primeiras horas luminosas do dia. O ateliê tem algo do que escreveu Francis Ponge: "A função do artista moderno é bem clara: ele deve abrir um ateliê e utilizá-lo na reparação do mundo, por fragmentos, como vêm para ele. Não que por isso ele se considere um mago. Apenas um relojoeiro. Reparador atento, da lagosta ou do limão, do vaso de água ou da compota, tal é o artista moderno. Insubstituível na sua função. Vê-se que seu papel é modesto. Mas não se saberia passar sem". O ateliê está aberto também por outras razões, mas todas elas são reparações. Enquanto escrevo a luz do dia surge no seu esplendor: sol e chance se misturam. A paisagem passa. Escrevo para dar luz a essa passagem.

Paris – Zurique, 10 de janeiro

10.

Um *cogito* DADA. E repetem, repetem com método. Repetem corretamente a ponto de não emitirem um som que não seja a reprodução do que ouviram. Repetem sem desvio. O método é a repetição. Frase a frase, palavra a palavra, repetem até que cada fonema seja exato em cada espírito, em cada alma. O método consiste em produzir fonemas fantasmas que são copiados com o aparelho fonador. Esses fonemas saem das rachaduras do *cogito*. O *cogito* trinca e antes que se desfaça em cacos produz um discurso que sequer passa pela língua. Eis o discurso da matéria: o som se prolonga tranquilamente pelo espaço sem palavras, tudo ocorre dentro da cabeça dos presentes. Estamos inventando a subjetividade. E também um cabaret Descartes, cabaret Cartesius. Depois as palavras coincidem mesmo no timbre. A duração de cada termo é igual a ponto de que a repetição se torna uma sincronização. Não é mais uma imitação, pois a repetição que vinha imediatamente depois de cada palavra dita passou a ser síncrona. Falam ao mesmo tempo com o mesmo tom de voz. O conteúdo se perdeu. Apenas o som que conta. Dispensado o significado de cada palavra, a sincronização dos timbres foi imediata. Em seguida os timbres começaram a encontrar variações tonais: surgiu a divisão de graves e agudos. Entre elas, os médios. Não esperem entender aquele canto de abolição do discurso. Apenas escutem antes que os estilhaços do *cogito* se espalhem dentro da cabeça de cada um dos participantes.

Zurique, 11 de janeiro

11.

Saí de Zurique às cinco da manhã e ainda tenho nos pés a memória da caminhada até a estação de trem. Tinha chovido naquela noite. Da estação fui ao aeroporto. Estou em Roma. Saí do Fiumicino às nove para um encontro na Sapienza sobre os ecos da Amazônia. Mem vêm os ecos do *Uraguai*, poema épico de Basílio da Gama, de 1789. É o fragmento da morte de Lindoya: "tanto era bela no rosto a morte". Respirei o ar desta frase. Depois de uma jornada saí de lá com uma frase anotada: "a imaginação pelo ameríndio". Foi de lá que encontrei um alojamento: um apartamento situado na Via Buonarroti no Esquilino. O apartamento possui um grande espaço para ioga. Havia nele uma pequena biblioteca sobre dança, teatro e performance. Nela encontrei o livro de Giulio Ferroni: *Il comico nelle teorie contemporanee*. A epígrafe da obra é uma frase de Marx que me tomou de assalto: "A última fase de uma forma histórica é a sua *commedia*. Os da Grécia que antes tinham sido tragicamente feridos com a morte de *Prometeu acorrentado*, de Ésquilo, tinham uma segunda oportunidade de morrer comicamente nos diálogos de Luciano. Por que esse percurso da história? Porque a humanidade se separa *alegremente* do seu passado." A citação vem do livro de Marx, *Introdução à crítica da filosofia do direito de Hegel*. Quando disse que fui tomado de assalto, retorno mentalmente à Lisboa, e me vejo lendo na sala da casa de Maria Filomena Molder. Da epígrafe vou a uma nota de rodapé do ensaio que ela escreveu sobre Cindy Sherman. Ao comentar o procedimento do uso de suas citações no referido texto, Maria Filomena Molder menciona Benjamin: "uma citação é o resultado de um assalto a um viajante desprevenido, levado a cabo por um ladrão". A primeira citação de Molder é de Hegel, das suas lições de Iena (1805-1806). Fui assaltado por uma epígrafe[2] e por uma nota de rodapé. A citação faz parte de um exercício mais amplo de deslocamento no espaço e no tempo. O espaço é Roma-Lisboa. O tempo da comédia é um modo de se afastar *alegremente* do passado. Por gestos de uma apropriação, a paródia é um roubo. Um assalto alegre. As citações saqueiam. Escrever é pura pilhagem. Quando me distraio – e me deixo distrair na condição de viajante desprevenido – as citações me assaltam

---

[2] E eis que uma epígrafe do texto de Maria Filomena Molder se torna uma nota de rodapé: "No acto de olhar, o espírito é imagem [...] Ele assume o seu primeiro si próprio como um objecto. i.e., a imagem [...] Esta imagem pertence ao espírito [...] está guardada no tesouro do espírito, na sua noite [...] o espírito humano é esta noite. Este nada vazio, que contém tudo na sua simplicidade – uma riqueza de muitas representações, imagens infinitas, nenhuma delas lhe ocorre diretamente, nenhuma delas está presente [...] Nós vemos esta noite no momento em que olhamos um ser humano nos olhos, mergulhando o olhar numa noite aterradora. [Pois pelos seus olhos] a noite do mundo lança-se contra nós. Hegel, *Lições de Jena* (1805-1806).

como a de Aristóteles, ainda no livro de Ferroni estivesse numa nota de rodapé: "Aristóteles, *Poética*, 1449a: deve-se recordar que Aristóteles acrescenta dois atributos complementares, que tinham também uma parte determinante em toda a tradição teórica do cômico: ἀγώδυνον καί οὐ φθαρτικόν, sem dor e sem dano; assim ele vinha a dar razão à não periculosidade que o errôneo e o vergonhoso assumiam em um uso social do cômico que não neutralizava toda a possibilidade subversiva." Um assalto sem dor, sem dano. Esse é uma arte *pickpocket* da citação.

Roma, 12 de janeiro

12.

Há, em uma aula, um exercício livre de ensaio ao modo que uma caminhada pela cidade participa de sua preparação. Deixo-me afetar pelos ruídos, zonas de silêncio e de perigo dentro das próprias regras urbanas, enquanto um eu narrador filtra, draga e drena os movimentos alheios ao seu próprio corpo. O estado de atenção em cada passo tem suas pausas em semáforos, modos de atravessar ruas e avenidas dispostos em um estado de sóbria incomunicação, pois nesse estado de afecção as palavras entram em ebulição pré-discursiva, a ponto de se buscar um copo na palavra "sóbria". As meditações de Francis Ponge sobre um copo de água preparam o que pode lhe ocupar por horas até que se ocupe uma sala, chamando a atenção para um copo d'água. A comida e a bebida participam do tempero da escrita, mas estou numa escrita em jejum. Da sobriedade vem o termo sem-copo-a-beber, mas também sem brio, isto é, literalmente uma força que vem dos celtas (brīgo). Quando falamos estamos o tempo inteiro nos traduzindo na mesma língua. São gestos que se sedimentaram em palavras cujo arquivos de étimos abrigam todo um brio da língua dos mortos. Há toda uma engenharia ínfima nas palavras e mesmo o silêncio verbal daquele corpo que é atravessado pelo barulho dos motores, pelo ziguezague de motocicletas, pelo som das sirenes de ambulâncias que está dotado de força e de sobriedade. Alguém precisa ser socorrido e é urgente. Entre nove e dez horas da manhã há um testemunho de força nos braços que portam uma bengala e um saco de compras. São corpos que tremem e caminham repetindo uma força vinda de longe, repetindo brio no código vestimentar. Testemunham a presença de um estado permanente de palavra e de toda a necessidade de língua potável. Caminha-se pela cidade entre aquedutos desativados mas presente na sede, na imaginação pelas ânforas nos ombros que persistem em latim até se prolongarem nos restos de oratória em um restaurante. Os balcões recebem bebedores de café. Cidades, cigarros. Em estado permanente de interrupção, pensa. A caminhada é um estado prévio para uma meditação pública junto a audiência. A cidade se movimenta por suas figuras que se repetem. Faço parte da trajetória desta cidade. Ela é urbana, não-urbana. O asfalto sendo aplicado nas madrugadas por trabalhadores nas grandes vias faz com estas noites também sejam fixadas, impermeáveis. Os corpos mais velhos atravessam a rua com brio. Depois de um café parte-se para destinos mais imediatos do dia. As viagens não são longas, mas frequentes, cotidianas. Repete-se o dia com brio, com sobriedade. Nada mais sincero que isso. O que será repetido em sala de aula na atenção de uma palavra retirada dos métodos de Francis Ponge. Métodos menores, minúsculos, imperceptíveis. Métodos insignificantes, a-significantes: métodos não-metódicos. Entre as nove e as dez, uma pausa: um café, um copo d'água.

Roma, 13 de janeiro

13.

Basta que eu me imite para que fuja de mim. E vou longe. Antes, quando ziguezagueava avenidas, ruas, não saía de mim, me tornava eu. Mas o fato de não me mover de mim é menos convincente do que o endereçamento feito por Hilda Hilst ao escrever que tu não te moves de ti. Outro ponto de vista seria fabricado com a frase: ela não se move de si. Eles não se movem deles mesmos. Essa permanência quando se move prolifera em pontos de vista. A quantidade de luz e de emoção faz com que a estética de cada uma dessas frases seja banal e prática. Não repito o caminho do dia anterior, mas me repito ao fazer o outro percurso para o mesmo destino. É todo um teatro mental. Fico neutro na terceira pessoa pelo silêncio que me movimenta o corpo. Meu objetivo é expropriar uma cidade como Roma ao som dos teus passos. Recolho o que posso naquela escuta em movimento. Ela é toda feita de tráfego com seus carros, ônibus, vespas e bicicletas. Outro tráfego matutino é o das xícaras nos pires e no balcão. Surge um ou mais dos micrométodos. São eles que estão nas tonalidades de imitação de si, numa repetição a se perder de vista. Absorvo o inconsciente da cidade com todos os seus preâmbulos de gestos decididos e indecisos. Há ainda as oscilações à luz do dia no turismo dos espectros. Eles estão em ambos os tráfegos. Participo do turismo espectral. Tenho um mapa do bairro nos pés e nos ouvidos. Caminho abandonando-me ao próprio corpo como quem se desfaz da escrita, das leituras e das aprendizagens anteriores que me trouxeram até aqui. Chamam de meditação a arte de um esvaziamento de si, do foco no instante, de um estado de presença em cada ato da respiração. Não medito. Imito a pressa. Desacelero. Aguardo. Atravesso a rua. O pescoço gira à direita e à esquerda. A manhã perdura na vida coletiva que se refaz diariamente nos balcões com cafés. Imito aquilo que os engenheiros e arquitetos imaginaram séculos atrás combinando-o com o conhecimento das décadas anteriores que não me pertencem. São saberes que me vêm pela intuição. Treino-a. Ao me imitar me exproprio. Torno-me não um ator, mas um mímico discreto que não chama a atenção para si. Ele busca coletar gestos, lentos e apressados. Incluo os moderados. Não existem gestos neutros. Agora esses gestos me pertencem. Assaltei a cidade de Roma.

Roma 13 de janeiro

14.

Si prega di non sporcare le scale. Ponho em movimento as pulsões miméticas a partir de um sonho na Via Buonarotti, 40. Existe uma arte de fazer e de desfazer endereços. Alguns são instantâneos. Outros duram mais e ainda há aqueles que são oníricos. Sonhei que encontrava os parâmetros para um mímico e que sabia reproduzir cada gesto com intensidade e uma economia de energia. Um mímico produz um corpo estranho, cujos gestos se comparam às palavras que saltam do dicionário ao poema. E, portanto, meu corpo estava lá com suas frases desarranjadas, um italiano mal-ajambrado. O ritmo das frases vem do centro de cada gesto. Talvez tenha sido a frase no pátio da entrada que tenha posto o sonho em síncope. A frase que pede para não sujar as escadas cede lugar à sensibilidade de um poema do Guido Cavalcanti, *Donna mi prega*. Há uma filologia onírica: a vez de Haroldo de Campos surge com a tradução feita por ele: "Pediu-me uma Senhora/ fale agora/ Dum acidente/ geralmente/ forte/ E de tal porte/ que é chamado Amor". A voz saía de uma rádio. E o poema ocupava o espaço sonoro de um café situado na esquina da via Leopardi, que fica uma rua depois da Buonarotti. Era *Donna mi prega* no rádio. "Quem ora o nega/ prove-o novamente/ Mas um presente/ entendedor/ requeiro/ Nem espero de um baixo coração/ Conhecimento aberto a esta razão/ São se apega/ a natural sustento/ Meu intento não/ vai poder provar/ Onde ele nasce e quem o faz criar". A voz radiofônica não impedia que a vida cotidiana transcorresse: dois senhores leem o jornal impresso. Um deles tem uma bengala apoiada na mesa. É ele o primeiro a fechar o jornal. Ele se levanta apoiando na bengala, dá três passos quase mímicos. "Qual é a virtude e sua potência/ A essência/ e depois o movimento/ O encantamento/ que há em dizer amar/ E se alguém pode vê-lo à luz do olhar". A voz faz com que seus movimentos rimem com os gestos despretensiosos de duas garotas na mesa ao lado. Uma está sonolenta: boceja, se alonga sobre o banco, mas não dorme, apenas repete este gesto com frequência enquanto que a outra, situada diante dela, busca retirar algo da bolsa, mas nunca tira nada e, antes que tudo volte a se repetir, ouve-se *Donna mi prega* no rádio: "Naquela parte/ onde está memória/ Assume estado/ toma forma/ qual". Elas se entreolham. Estão lânguidas naquele dia firme. E o poema dito se aproxima do final: "Voa, seguramente vai canção/ Aonde queiras tão bem trabalhada/ Que tua razão/ será sempre louvada/ De pessoa que tenha entendimento/ Estar com outras não é teu intento". Uma diz para a outra: "Tu puoi sicuramente gir, canzone, là 've ti piace, ch'io t'ho sí adornata ch'assai laudata – sarà tua ragione da le persone – c'hanno entendimento: di star com l'autre tu non hai talento". Sem se dar conta, ela repetia os últimos versos do poema de Guido Cavalcanti. Ou o meu sonho imitava o sonho de alguém, ou estava de passagem pelo sonho de outra pessoa. Acordei. Levantei-me e fui até o banheiro como se aquelas vinte e quatro horas naquele apartamento fossem vinte e quatro anos. Vi o livro sobre a arte da mímica. Desci as escadas, que estavam limpas, e fui ao café. Ao entrar, estavam lá os senhores, um em cada mesa, e as duas garotas compartilhavam a mesma mesa. Pedi um café e me sentei na mesa indicada pelo sonho.

Roma 13 de janeiro

15.

Li Alberto Caeiro por um impulso mimético. Estava na linha 4 do metrô: "Eu nunca guardei rebanhos,/ Mas é como se os guardasse". Com isso elaboro uma vida vivível sem me ater ao vivido e à experiência. Celebro a saúde da existência quase ouvindo Dorival Caymmi na voz de João Gilberto: quem não gosta do samba, bom sujeito não é. Ou é ruim da cabeça ou doente do pé. É o efeito Caeiro: pensar é estar doente dos olhos. Não penso, procuro não pensar. Leio e vivo sem qualquer esforço de literatura. "Ser poeta não é uma ambição minha/ É minha maneira de estar sozinho." Amo e não penso. Não posso pensar no amor, pois amar é única inocência do pensar. De Marcadet Poisonniers a Saint-Michel a cidade desaparece no seu abrir e fechar de portas de metrô. Nesse abrir e fechar de portas entra-se e sai-se. Ignoro os rostos que dão autoria a esses corpos em trânsito. Não penso no compromisso a seguir. As sensações não se repetem, mas repito *quem ama nunca sabe o que ama* e quero sambar, sambo imóvel. Chove por toda a cidade. A chuva não sabe o que faz e, por isso, não erra. Tudo isso é de Caeiro, não invento nada. Repito Caeiro logo depois de lê-lo. Caeiro:

sou um montador de rebanhos. Retiro da bolsa, reproduções animais, imagens de árvores, tesoura e cola. A paisagem que faço é uma colagem. Nela não existem pensamentos: tudo tem uma existência frágil de papel. Ela foi recortada e colada. Faço uma montagem do mundo durante o percurso no metrô. Antes de descer, desenhei um sol no canto superior esquerdo da folha. Guardei a montagem no bolso.

Paris, 14 de janeiro

16.

Métodos, desvios. Eis que se busca a segurança numa imagem íntima de futuro. Cada método surge como uma promessa concreta de condução até lá. Sendo um salvo-conduto, ele se fixa como uma orientação entre desvios, fantasmas e outros métodos que são transmitidos de acordo com intenções preexistentes. Existem finalidades entre gestos, pois, inacabados ou sem destino final, eles se perdem entre desvios. Os gestos de hoje foram se afastando da magia, dos rituais e do acaso. Há métodos para reduzir os campos de força desses três elementos. Mas, ainda que os rituais se recodifiquem sem interrupção, nossos corpos abrigam gestos mais antigos, ancestrais, inacabados e sem finalidade. Enquanto que a magia e o acaso, embora não de todo abolidos, permaneçam na vida humana, o último encontra uma existência posterior nos mais diversos jogos nos quais a fortuna e a sorte são lugares bem restritos. O acaso quase se domesticou no mundo lúdico, nas apostas, na autonomia e nas regras do jogo, sobretudo nos jogos de azar: impossível treinar sua matemática. Já a magia, ela encontra outras formas de permanecer nas margens da técnica e do método. Uma delas é própria frase que pode fazer parte daquilo que poderia ser chamado de texto-talismã: uma escrita que elabora miniaturas de momentos preciosos que, às vezes, uma página ou um conjunto de parágrafos se tornam nossos passos. Caminhamos e nos desviamos do destino fora de nós porque somos o destino. Caminho com as mãos. Onde se lê desvio veja-se ensaio. A lição inaugural de Roland Barthes dura quarenta e oito minutos e quatro segundos nos arquivos sonoros do Collège de France. Ele se definiu como um sujeito incerto e impuro que pratica um gênero igualmente incerto e impuro, o ensaio, onde a escrita rivaliza com a análise. Os rigores e os métodos se misturam com a música dos nossos corpos. É domingo: estamos deitados na cama sem que nenhuma notícia exterior mude a posição horizontal dos nossos corpos. O que entra de novo é o sol que nos repete no mundo em mais uma das rotações do nosso planeta. Passado o meio-dia, pouco ou quase nada fizemos nesta manhã salvo uma simulação de canções numa língua cotidianamente inventada. Talvez seja por uma língua efêmera que a intimidade se desfaz com cada gesto: ela se recompõe e muda imediatamente sem sobreviver às mensagens que são transmitidas por uma língua mais comum. A lição de Barthes situa a literatura na prática de escrever. "Entendo por literatura não um corpo ou uma sequência de obras, nem mesmo um setor de comércio ou de ensino, mas o grafo complexo das pegadas" dessa prática. Mesmo com você aqui deitada, ouço os teus passos. E também te escuto saltar pela voz de Roland Barthes. É na aula de Barthes, na sua condição de texto, que encontro a condição de um texto-amuleto segundo o qual o método é uma ficção. Esse argumento de Barthes vem de uma proposta de tese em linguística proposta por Mallarmé. "Todo método é uma ficção. A linguagem apareceu-lhe como o instrumento da ficção: ele seguirá o método da linguagem: a linguagem se refletindo." Produz-se um corpo a corpo entre corpo e signo. Os signos caminham quando caminhamos, você e eu, saindo de casa e caminhando sob a linguagem do sol quando nos perguntamos pelos óculos escuros. Encadeando magia, acaso e ritual encontro o ritmo: "a ciência pode, portanto, nascer do fantasma. É a um fantasma, dito ou não dito, que o professor deve voltar anualmente, no momento de decidir sobre o sentido de sua viagem; desse modo, ele se desvia do lugar em que o esperam". Método é desvio.

Paris, 15 de janeiro

17.

Cinco e trinta e seis da tarde: a iluminação pública surgiu no Bulevar Ornano. Foi mágico porque meu olhar estava voltado para os postes enquanto esperava o semáforo verde para os pedestres. Voltava para casa com flores novas, orquídeas amarelas, para o vaso que fica entre a pequena peça da entrada e a cozinha. As anteriores eram brancas e foram caindo uma a uma. Caíram impecáveis, sem perderem uma única pétala, sem fenecer. Apenas a haste se soltava do caule e caía. Caíam separadamente, uma a uma. Entre a floricultura e a casa são quinze minutos de caminhada. Saí de casa a ponto de pegar a transição das luzes. Presencio outra rotação da Terra. Voltando para casa pensava na transformação do fracasso em método. Uma sensação de fracasso que passa a existir via linguagem. Estava com a voz do Roland Barthes na memória dos ouvidos, pois, antes de sair de casa, tinha acabado de ouvir a sua aula do dia 7 de janeiro de 1977 no Collège de France. Por alguns instantes me veio a sensação de estar na língua francesa que abriga abertamente um método que vai de Descartes ao próprio Barthes. As condições de luz mudam no Bulevar Ornano. Se eu o seguisse na direção norte, deixaria Paris em direção a Saint-Ouen, onde fica o célebre mercado das pulgas. São vinte minutos de caminhada. Desfiz a hipótese da caminhada ao olhar para as flores embaladas e ao sentir as condições de luz: era noite e tungstênio. Cheguei em casa, retirei o galho vazio do vaso, troquei a água das flores e pus as novas, amarelas. Observo-as entre as breves pausas da escrita. São cinco e cinquenta e sete. Manter o ritmo desse texto faz com que eu me mantenha ambíguo em relação ao tempo. Por um lado, não quero que soem as dezoito horas antes que termine este fragmento. Por outro, perco-me na ausência de compromissos imediatos, adio a resposta de algumas mensagens e uso esta margem de tempo para fazer anotações.

Paris, 15 de janeiro

18.

No dia 28 de junho de 1643, René Descartes escreveu uma carta para a princesa Elisabeth da Boêmia. Há pelo menos um fragmento que eu copiaria num cartão postal:

> Posso dizer com toda sinceridade que a regra principal que sempre considerei nos meus estudos, e aquela que acredito ter me servido melhor para adquirir algum conhecimento, foi nunca ter passado mais do que algumas horas por dia em pensamentos que ocupam a imaginação, e poucas horas por ano naqueles que ocupam apenas a compreensão, e todo o resto do meu tempo é dedicado ao relaxamento dos sentidos e ao repouso da mente.

O autor do *Discurso do método* escreveu que sua mente esteve dedicada com atenção às dificuldades da vida (*"les tracas de la vie"*). A palavra *"tracas"* desviou a atenção para toda a sua carga de embaraço, de preocupação, de constrangimento e até mesmo de dor que existe no termo. Deixo a dor de lado para me ater à vergonha e ao embaraço. O desconforto da vergonha em termos de exposições indevidas, fraquezas ou defeitos é algo que nos toca profundamente a partir de experiências únicas. Desci à rua para comprar beterraba cozida no forno à lenha e comê-la com queijo de cabra. Atravessei o boulevard Ornano e segui pela rua Ordoner até a rua do Poiteau. No caminho declinava a palavra *tracas*, traduzindo-a por fracasso pela força sonora coincidente entre as duas palavras. Por um momento gostaria de seguir o senhor Descartes no relaxamento dos sentidos e no repouso da mente. Simulando esse gesto, antecipo o gosto da beterraba cozida com o queijo de cabra. Paguei pela beterraba. De volta para casa, percebi que esqueci o som dos meus passos na rua do Poiteau. No retorno, estava escutando os teus passos.

Paris 15-16 de janeiro

19.

Na literatura, a verdade está no ritmo. Estamos nos trens, traduzindo com janelas de vidro bem isoladas. Elas estavam transparentes e esquecidas, e nós, com os olhos abertos e pelo avesso. Traduzimos ao buscar a verdade no ritmo das frases, dos versos, das palavras. Cá estamos nós amontoados nas bibliotecas, lendo novos-velhos textos, cantando testamentos, sendo encontrados por citações que nos assaltam. E o corpo transpira, saliva. Fede. Os batimentos cardíacos mimetizam o barulho do mar. A literatura vem da memória das solas gastas dos sapatos. Elas trazem consigo os restos das montanhas. E, ao mesmo tempo, borbulham nelas a memória do mar. Os anos de pesquisa circulam no sangue. O corpo está obstinado. Há uma craca de textos que se instala na garganta. São restos de textos em atividade que se localizam agora na fonte da voz. Estamos nas salas de aula defendendo o indefensável, o seu avesso em simpósios sem álcool. Estamos em reuniões, medindo a carga de teorias, de correntes literárias, e nem o próprio sorriso fica ileso da crítica ao entusiasmo. Os livros se cansam na mesa e passa-se horas a falam sobre eles. Há comentários que não chamam a atenção no auditório. Eles se perdem entre aquele que fala e aqueles que escutam. Aquela que fala e aquelas que escutam. E tudo se repete. Caminhamos movendo os corpos em estado de notas, caminhamos anotados, rabiscados a ponto de marcharmos sonâmbulos. Vagamos em sonhos alheios com estadias em pesadelos de colegas de departamento. Lemos em voz alta piadas numa língua desconhecida. Estamos traduzindo, amontoados nas vozes, nas salas, gastando o que nos resta de solas de sapato, contribuímos para as metamorfoses das línguas e, sobretudo, para o heroísmo dos que desistiram e que aprenderam a cantar à marteladas as próprias perdas.

Paris, 16 de janeiro

20.

O real se posiciona como um objeto de desejo dos textos. O que se convenciona chamar de imitação pode ser uma mediação que hipertrofia a realidade. Notas. Passos. Notas. Passos. Treina, não a voz, mas o silêncio. As longas pausas: retira delas um princípio de jogo quando põe ênfase nos gestos. Fala com as mãos. Seu silêncio fala pelos cotovelos. Ele é a sua comédia. À noite, ao seu lado, ela lê as tragédias de Sófocles. E ele se interessa pelas comédias, pelos modos cômicos do agir. Ela havia lhe perguntado em qual peça de Sófocles houve uma epidemia. Édipo rei? Respondeu perguntando. Com o espírito da comédia, imaginou um Tirésias cômico e um Édipo *clown*. Mas o que extrair de um mímico em termos de presságios? Seria possível retirar predições dos seus gestos mudos? Impulsos miméticos: quem acredita que um clown mostra um destino trágico? O dia tinha impresso no seu corpo um ritmo de passos, notas, passos, notas. Uma longa caminhada lhe deu algo objetivo da comédia. Sob a chuva e o vento frio que não falam nada mais do que a própria chuva e o vento frio. Ele seguiu em direção a uma loja de materiais de construção. Foi comprar madeira para fazer uma estante para os livros. Durante o caminho chegou à conclusão de que o que se ensina quando se ensina – para além de todo e qualquer conteúdo – é o próprio ato de imitar. *Vou vos ensinar a imitar*, disse o professor. Olhem bem para mim: *me imitem. Imitem o que sei. Olhem para o método e aprendam a imitar: eis o segredo da transmissão de modelos. Eu vos apresento o método que é o segredo do segredo. Aprendam também a se desviarem do método: eis a invenção das margens.* Silêncio absoluto na sala. Há os estudantes que se desviam do modelo professoral sem saberem se aquele caminho tomado era um desvio. Outro desvio: o de buscar madeira para as estantes de uma biblioteca que ainda não existe ali e que, portanto, elas serviriam para uma biblioteca fantasma. Caminhando pelo bulevar periférico nos limites da cidade, ele percebeu, parou diante do semáforo que, para os pedestres, estava vermelho. Mesmo parado o som do periférico era avassalador pela passagem dos veículos, pelas conversas fragmentadas e pela maré de pessoas não brancas que povoam aquelas margens de passagem. As imagens do periférico estão povoadas de vida. Cada imagem ali era um reservatório de detalhes. Diante dele estava um homem negro. Ele também esperava a sua vez para atravessar a rua. Aguardava o imperativo do sinal verde. O homem vestia uma jaqueta também verde da RATP[3] na qual estava escrita *chef de manœuvres*. Um chefe de manobras caminhava pelo bulevar periférico. O semáforo ficou verde para nós, os pedestres. Impossível tomar notas na chuva e, portanto, memorizava que tudo estava ali suspenso: imitações e manobras são a base do ensino de literatura. Distante dessa cena que encontrou seu núcleo dramático. Ele repete seus passos até chegar no apartamento com a madeira necessária para uma biblioteca. Era noite. Nele, o ritmo notas, passos, notas, passos se acalmava. Estava na cama. Ela também. Era quase meia-noite quando ela fechou o volume com as tragédias de Sófocles. Não passou nem cinco minutos, dormia tranquila ao seu lado.

Paris, 17 de janeiro

[3] Régie Autonome des Transports Parisiens.

21.

Uma das impressões da gravura *Melencolia I* (1514), de Albrecht Dürer, está no Museu de Arte da Basileia. Ela tem 24,4 x 19 cm. É mantida em uma dieta de conservação que implica em dezoito graus célsius e trinta lúmens. Não muito distante desse museu está o museu das culturas mundiais. Neste último está um dos mantos dos Tupinambás que chegou à Europa pela via dos holandeses. Os mantos eram usados em cerimônias xamânicas e ficaram conhecidos pelas gravuras do belga Theodore De Bry. Nessas gravuras estavam representadas as cerimônias de antropofagia. Elas ilustram as narrativas de viagem de Hans Staden, respectivamente as de 1546-1548 e 1549-1555. As gravuras estão editadas em um livro, cuja primeira edição se encontra na Fundação Bodmer que fica nos arredores de Genebra. Em um dos meus sonhos, eu realizava uma exposição no próprio Museu da Basileia. O título era *Melancolia canibal*. No espaço do museu estariam as três peças mestras: a gravura de Dürer, *Melencolia I*, as gravuras de Theodore de Bry e o manto Tupinambá. Por mais que a primeira gravura tenha sido objeto de comentários e análises, ainda não se chegou à formulação que essa melancolia é uma navegação mental feita por um anjo que não pode fazer parte da tripulação. O mar não estava para anjos. Nos seus diários, Dürer constata o grande fluxo das navegações a partir do porto de Antuérpia: a expressão escrita por ele apreende o sutil engenho humano em terras estranhas. Ele escrevia tudo no diário: as refeições, a quantidade de dinheiro que entrava e que saía, os presentes dados e recebidos, o dinheiro que perdia no jogo – e como perdia! –, e as vendas de obras. Por exemplo: "eu vendi dois Adão e Eva, um monstro marinho, um Jerônimo, um cavaleiro, uma nêmesis, um Eustache, uma folha inteira, ainda 17 gravuras, 8 quartos de folhas, 19 outras gravuras de madeira e 7 péssimas gravuras". O diário data de quatorze de dezembro de mil quinhentos e vinte a seis de abril de mil quinhentos e vinte e um. Uma de suas obras-primas, a *Melancolia*, já tinha sido impressa. Um grande amigo de Dürer era português, seu nome era Rodrigo Fernandez de Almada. Ele era um rico comerciante que sempre passava pela Antuérpia. Ele sempre dava presentes ao artista como compotas de geleia e doces, peras, nozes e até um papagaio trazido de Malaca. Por sua vez, Dürer lhe oferecia gravuras, a ele e aos criados. Outro comerciante português de quem era amigo era o Brandão. Ele fez uma gravura da sua criada, a Catarina, que gostaria de expor na *Melancolia canibal*. O próprio Rodrigo também foi retratado por ele em um desenho à carvão, *O retrato de um rapaz*. O desenho está no gabinete de estampas e de desenhos na periferia de Berlin, o *Kupferstichkabinett*. Já a mulata Catarina foi para o Museu dos Ofícios em Florença. Eis que as coleções e a própria história da arte desmembraram aquelas amizades. Uma exposição talvez as unisse pelo espírito da melancolia canibal. Dürer presenteou Rodrigo Fernandes de Almada com uma de suas pinturas: o retrato de São Jerônimo. A pintura integra a coleção do Museu Nacional de Arte Antiga de Lisboa. Sendo São Jerônimo o padroeiro dos tradutores, a melancolia canibal seria esta forma de navegar em terra firme com o sol vindo provavelmente da América. Incapaz de fazer os cálculos com um astrolábio, o anjo ficou em terra. A melancolia encontra a imagem de um marinheiro sem mar. Um marinheiro imaginário que navega com a mente. Com o surgimento das técnicas de navegação e com a descoberta de novas estrelas e constelações, os anjos começaram a desaparecer da convivência com os humanos. Eles foram pouco a pouco sendo excluídos do método. Eis a proposta da exposição. A relação entre esses três distintos objetos, uma gravura, um manto e um livro – todos na Suíça – me levaram à ideia de que a melancolia se tornou um lastro do pensamento ocidental. O anjo imita o marinheiro sabendo que sua função desaparecerá com a descoberta de constelações, com o desenvolvimento da cartografia, cujo último testemunho se encontra nos *Lusíadas*, sobretudo na máquina do mundo. Poucas foram as musas embarcaram. Tétis que o diga. As musas matemáticas indicam o caminho sob o canto dos cálculos.

Paris, 17 de janeiro

22.

Brinquedos fantasmas. Os fantasmas são concretos. Eles assumem uma aparência de texto. Eles são, portanto, legíveis. Eis o método, escrever os fantasmas pessoais a ponto que eles se percam no mundo de outros fantasmas onde as formas são frágeis, movediças. Mas o texto é desmembrado, quebrado. Os fantasmas nele brincam nele e nele se divertem. O método é brinquedo. Orides Fontela que escreveu em "Ludismo": "quebrar o brinquedo ainda é mais brincar". Há também os brinquedos que nos quebram o corpo, o espírito. E os fantasmas não hesitam em brincar: se fingem de morto. Há um corpo ao lado dele. Um corpo na praia deitado na areia úmida. Tenta se levantar, mas está imóvel, fixo na imobilidade do mundo das coisas que dependem de alguém para deslocá-lo. Alguém caminha em direção ao mar. Está descalço em roupa de banho. Ele vai em direção ao corpo deitado. Um não se move. Tornou-se um brinquedo fantasma. O outro se movimenta lentamente. A praia está vazia: caminha nela um banhista. Algum objeto o observa, não com os olhos, mas apenas com os óculos de sol que tem olhos próprios. A maré começa a subir. Acordei. Permaneci na cama a observar o teto do quarto, a luz que vinha das frestas das cortinas. Não tardei a imaginar a manhã daquela praia. Uma manhã em que não precisaria me deslocar num trem pelo ventre da noite. O teu corpo quente ao meu lado se movimentou e veio à minha direção. Você me abraçou sem saber de nada do que se passou no meu sonho. Nem eu soube o que se passou. Não fiz nenhum movimento para me levantar. Tampouco dormi. Organizei como pude aqueles brinquedos fantasmas. Permaneci acordado para o ludismo deste mundo em contato com a matéria dos sonhos.

Paris, 17 de janeiro

23.

Nunca soube o que é a literatura. Ao escrever cada texto me aproximo de uma resposta possível. Sempre que me aproximo, paro. Acontece o mesmo quando estou a ler. Quando um livro está perto de me dar uma resposta, interrompo a leitura. Talvez seja por isso que tenha lido pouquíssimos livros do começo ao fim. Quando surge um rastro da resposta, mudo de assunto. Escrevo outra coisa. Ou não escrevo. Apenas saio para caminhar. Permaneço na mesa da cozinha com intervalos regulares de café. Nem penso na vida. Aprendi com Alberto Caeiro, lido em um metrô parisiense, que pensar é estar doente dos olhos. Limpo a casa, faço faxina. Não há prêmios literários para casas limpas. Se houvessem eles não seriam destinados às escritoras e aos escritores, mas às mãos anônimas que deixam tudo limpo. E eis que vivo mal a experiência das mãos anônimas, pois não limpo a casa dos outros. Se limpasse talvez soubesse o que é literatura como a minha avó sabia. Ela sabia contar a história de cada objeto numa casa que não lhe pertencia e que minha infância presenciou em termos de ordem e limpeza. Continuo não sabendo o que é a literatura, mas, se soubesse, diria que literatura é uma daquelas casas limpas e organizadas sob os cuidados rigorosos da minha avó. Ignorando este conhecimento permaneço por horas na cozinha a tentar recobrar as sensações que vivi na infância e o que pude salvar da memória da minha avó.

Paris, 17 de janeiro

24.

Paris, 13-17 de janeiro de 2023

Querida Maria Filomena Molder,

Quando regressei a Paris, um pacote de Lisboa me aguardava. Abri-o e era o livro de Susan Taubes, *Divórcio*. Dentro dele estava uma das luas de Jorge (Molder), da série de fotografias que pude ver na exposição no mês passado. No que pude ler em Lisboa, algo da escrita dela se impregnou em mim: um tipo de diarística despretensiosa. Fiquei tão impregnado com o primeiro parágrafo que o reli antes mesmo de escrever esta carta. Trata-se de uma mulher que se esforça bastante para abrir os olhos. No meu ritmo, capto que "de cada vez que pestaneja o quarto muda, a janela está numa parede diferente". Não temos que acreditar nas coisas que nos deixam extasiados. E, ao escrever, surge a dúvida se me entrego agora à leitura ou se continuo a escrever esta carta. Os quartos da personagem mudam mais rápido do que suas viagens. Seria esse um efeito comum para aquelas e aqueles que viajam em demasia? Às vezes um espaço intervém no outro. Um quarto físico não coincide com uma habitação no espírito. Há pessoas que preferiram as viagens ao redor do próprio quarto: *O livro do desassossego* me leva a outra sensação que não por acaso se encontra com essa. De repente, o vórtice dos quartos que me habitam veio de modo objetivo a ponto de se aproximar do espaço da sala de aula. A contiguidade dos dois espaços me espantou. Como explicar às e aos estudantes que a distância entre o meu quarto e a sala de aula tinha diminuído a ponto que uma peça era vizinha da outra? Detalhe: a sala de aula estava sempre ocupada. Quando eu não estava, os estudantes ficavam conversando entre si, alternando com o fato de observar discretamente o relógio de pulso. Todas e todos sabiam que eu estava ao lado, no quarto, mas respeitavam o meu sono ou esse momento de intimidade único, o de estar no quarto, e até falavam baixo quando era sábado à noite ou domingo pela manhã. Quando eu entrava na sala, se perguntavam em voz alta se ia realmente ter aula porque cheguei com dois minutos de atraso. Sem ter um caminho que pudesse percorrer, a introdução era reduzida, pois nada que pudesse servir de crônica do mundo exterior ilustraria aquela passagem do quarto à sala de aula. E não tinha interesse de contar alguma situação que vivera no meu quarto. O silêncio ou os mínimos ruídos do meu corpo automaticamente criaria uma separação entre o que eu contaria para o grupo e o que tinha sido escutado. O que acabo de escrever tem a mesma matéria do sonho, mas não precisei dormir para senti-la. Essas linhas têm mais de distorção do que ficção. Esse fato distorcido me deu tempo suficiente para ler as primeiras páginas de *Divórcio*. A narradora está morta e mesmo assim conta a sua estória. Também estou no *18ème arrondissement*. A partir de alguns minutos de caminhada chegaria ao local do acidente, muito embora, como ela narra, a sua morte tenha liberado bilhões de células jubilantes. Por ora, bastam-me estas páginas. Definitivamente preciso ler este livro a conta-gotas. Mas antes que o termine de ler concluirei esta carta e possivelmente este fantasma do método.

Um forte abraço com amizade,
Eduardo

25.

Escrevo em lugares públicos. Essa é a forma de expor uma intimidade de leitura e de notas. O trem é meu ateliê. Produzo num ateliê em trânsito. A literatura gagueja, isto é, um discurso sobre literatura nunca veio de um estúdio ou da estabilidade que se pode fabricar em um deles. Nesse sentido, o que faço é pelo avesso, pois ocupo os lugares públicos para especular. A intimidade está ao avesso sem que ela possa ser chamada de vida pública, muito embora toda a vida seja interesse público: a literatura é sobre isso, sobre a invenção de uma intimidade pública posta em cena por atos de leitura. Foi o que ocorreu sobretudo nos últimos meses entre aulas e colóquios. O hoje o dia foi imóvel. Não saí de casa, salvo para fazer as compras para o jantar. Durante o dia ouvi os ecos da casa enquanto escrevia sob a forma de relógio do medidor de eletricidade, da água do radiador, do barulho eventual do vento contra a janela e até mesmo me deixei afetar pelo barulho do papel enquanto lia ou anotava. Pus dois livros de Alix Cléo Roubaud sobre a mesa da cozinha. Seu diário (1979-1983) e *Si quelque chose noir* ("algo: preto") traduzido no Brasil por Inês Oseki-Dépré. Este último possui uma ginástica fotográfica que vem do modo de dar a fotografia também a sua palavra. Isto é, o livro se sustenta em termos narrativos com uma série de dezessete fotografias. Alix não apenas se põe em cena, nua, mas lida com os limites do quadro e da luz. Ela experimenta com o seu corpo o gosto do preto e branco. Tento trazer para a escrita o gosto dos lugares públicos, a sensação de movimento e de interrupções. Mesmo dentro de casa ao longo dos ruídos cotidianos de uma casa, me vem uma ideia de escrita em movimento, pois talvez não haja mais nenhum lugar no mundo onde essa intimidade seja totalmente íntima quando se passa por alguma mediação da linguagem. O íntimo vem como uma invenção que me é cara e se diferencia do privado, ou seja, da esfera privada. Mantemos a intimidade no rosto, nos modos de se vestir e nos gestos. Há uma intimidade que se transporta e ela compõe um mapa pessoal que se redistribui na vida pública. Admiro a intimidade pública de Alix Cléo Roubaud. É uma intimidade literária. No dia nove de fevereiro de 1980 ela escreveu: "que nós sejamos a câmera escura um do outro (não acorde e não olhe agora)." Quando a fotografia toma a palavra, ela compartilha do choque das sílabas com o ar. Existe uma essência negativa posta em prática a seguir: a fotógrafa capta a noite de si, experiências interiores que se não escapam aos olhos leitores. Uma breve narrativa da autora-fotógrafa é a história de um homem que herda da mãe um cofre em um banco. Mesmo com o alto custo mensal, ele o mantinha lá, vazio. Passa do meio-dia e estou no trem. Levo comigo o diário de Alix Cléo Roubaud. O espaço negativo elaborado por ela projeta um fantasma do método não apenas porque seu negativo é branco, como figura em alguns retratos que pertencem à coleção do Centro Georges Pompidou na doação de Jacques Roubaud. Não diria também que são decisivas – sei que são para especialistas – as dezessete fotografias feitas por Alix Cléo Roubaud em *Si quelque chose noir*. Apenas me atenho a duas fotografias: a primeira de um vestido de seda branca quase transparente pendurado na janela que, à contraluz, se torna apenas as linhas que o delimitam. Trata-se de um fantasma sem corpo humano – como se costuma projetar –, uma roupa fantasma. A segunda fotografia que chama a atenção tem por título *Colher*. Trata-se de uma grande colher de metal redonda que está à janela, mas não à contraluz como o vestido de seda. Ainda sobre o parapeito da mesma janela está um livro que não é possível ser identificado, e melhor que não seja, e um espelho oval com uma extremidade – à direita para quem olha a fotografia – reta. No espelho vê-se uma parte da cortina e um fragmento do corpo da fotógrafa: a orelha direita, seus cabelos descem até o pescoço. Depois de ficar contemplando a imagem em um trem em movimento percebi que o espelho tem praticamente a forma de um olho. É o ângulo reto de uma das extremidades que quebra seu mimetismo contínuo com o olho.

Paris, 17-18 de janeiro

26.

O trem corta a paisagem. Viajar de trem durante a tarde possui uma outra dinâmica pois a noção cinematográfica de *travelling* dá a sensação de que a viagem ocorre em um único plano sequência. No diário inventado escrevo apenas a palavra "fantasma" na primeira página e, nas páginas seguintes escrevo: "os fantasmas têm o direito de serem personagens, eles imitam a linguagem do cinema". Trata-se de um cinema vocal: um canto a capela é um modo de, pouco a pouco, tomar a palavra em exercícios de canto. Fantasma é um hálito que mistura calor e produz vapor no inverno. As palavras aparecem por breves instantes. Elas são de fumaça. Um dos personagens interrompe o fluxo com a frase: "dizer fantasmas é também dizer épocas". Uma delas grita: "século XX", ri e desaparece. Os fantasmas são situações, encontros que não ocorreram, que foram adiados. Eles existem num rosto conhecido que se repete na memória, na distância que vai se tomando da infância. No diário se repete um trecho de outro diário, o de Victor Hugo, que fazia uma viagem de trem da Antuérpia a Bruxelas, em 1837: "As flores na beira da estrada não são mais flores, são manchas ou antes listras vermelhas ou brancas; não há mais manchas, tudo se torna uma listra; o trigo é um grande cabelo amarelo, a alfafa é uma longa trança verde; as cidades, as torres dos sinos e as árvores, dançam e se misturam loucamente no horizonte". Somos um único *travelling*, estamos unidos num corpo de metal a duzentos e oitenta e nove quilômetros por hora. Há janelas e o branco da neve que cobre as colinas e árvores é um branco em movimento. Uma paisagem fantasma. Um dos fundadores da biologia moderna, Jacques Monod, explica em *O acaso e a necessidade* que os seres vivos têm duas características: invariância e teleonomia. Isso me serve para uma afirmação de que somos portadores de acasos. É isso o que retiro de suas explicações sobre os refinamentos de estruturas vitais que são interpretadas sob o signo da evolução. Nesse movimento contínuo de três horas, as paisagens fantasmais de inverno não cessam de passar. Nesse silêncio de máquina afirmo que portamos acasos. Por mais que se chegue a controlar a nossa estranheza somos tão estranhos quanto nossos antepassados e seguimos transmitindo a estranheza com acasos portáteis e seus jogos de mudança que mantêm protegido os mistérios da vida. Não é preciso fazer uma viagem tão longa no tempo e no espaço. Basta rasgar a melancolia que não tardou a reencontrar seu destino na vida moderna. Driblando mapas, constelações e especiarias, ela reencontrou seu lugar nos tons de uma mesa que levam horas para ser escolhida. Alocada na vida íntima das pessoas, os elãs metafísicos entre almas e corpos não tardaram a encontrar ecos na ontologia desafinada de Heidegger. *O que é a metafísica?* é um livro para ser lido no trem e para ser esquecido dentro dele tão logo se chegue ao destino. Se falam de metafísica, ou de relação entre corpo e alma, é porque antes há uma invenção fundamental que põe tudo em comum: a intimidade. A literatura é uma história íntima da humanidade. Anoto essa frase no diário.

18 de janeiro, Paris – Basileia

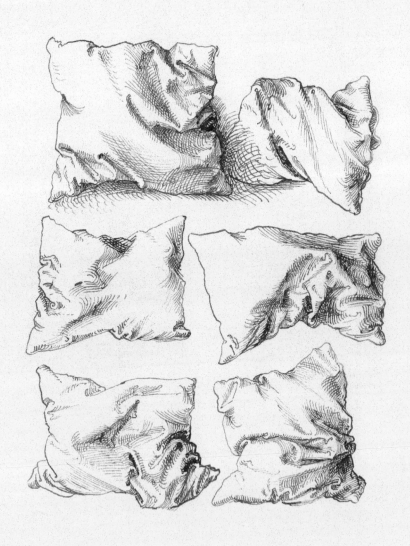

27.

Método é treino: *shadow boxing*. Aqui os fantasmas treinam com luvas de boxe. Pulam corda. Transpiram e levam socos. Batem. O espaço em branco da página é um saco de pancadas. Escuto o som dos socos contra o saco. Escrevo. Desvio. Escrevo. Anoto. Surge uma linha vocal: um exercício de aquecimento da voz. Um coro lírico ao som de sacos de pancadas. Foi assim que a performance foi pensada: uma ópera-boxe com atletas indisciplinados. Estamos no ringue, os fantasmas e eu. A maioria deles não são meus. Desvio. Treino. Anoto o que posso. Poderia citar Beckett ao dizer que tenho medo do que minhas palavras vão fazer de mim. Mas não cito. Pelo menos não diretamente. A utopia é manter-se em movimento para não ser consumido passivamente pelo frio. Escuto o som do frio. Desvio. Abaixo-me, ergo-me. Escrevo. Salto de um pé a outro. Treino a intuição: boxe sombra, golpes de ar. Cansado, roubo de um livro que sou um atleta indisciplinado. O treino – e não o tema – vem de um livro de Armando Canzonieri. Neste livro ele escreve que a universidade resta, para ele, um enigma que continua a suscitar emoções contrastantes. Incorporo essas emoções do autor: entusiasmo, desprezo, curiosidade, estupor, frustração e raiva. E acrescento: furor. Furor e treino. Método é treino com travesseiros. São noites fisicamente sonhadas. É a ação da cabeça que transpira enquanto sonha e, ao longo dos dias mancha os travesseiros. Os travesseiros têm odor do suor dos sonhos. São sonhos físicos. A cabeça transpira o travesseiro. Sonhei com os diários de Dürer, com seus travesseiros desenhados sob a forma de esculturas efêmeras, involuntárias. Entro e saio das frases. Os travesseiros são telescópios: com a cabeça sobre eles nos aproximamos das estrelas. Estão lá: as estrelas contra o céu. Imito e me perco na imitação. Dormir é um mimetismo repetido: uma arte de imitar a noite na sua forma humana. Repetimos, copiamos para fixar modelos ou repetimos e copiamos para nos desviar deles, para fixar outros que estejam mais aptos à vida, vamos nos ajustando às estrelas.

Zurique, 18 de janeiro

28.

São poucas as histórias portáteis que gostaria de ter à mão para transportar comigo. Não chamaria sequer de literatura essa mínima coleção, apenas as manteria à guisa de orientação pessoal. Dentre estas poucas histórias que não ultrapassariam em quantidade os dias dos meses de dezembro e de janeiro juntos, queria dispor de uma história portátil do cruzeiro do sul. Isso seria um uso íntimo da constelação. Essa parte do céu estrelado seria utilizada em toda a sua intimidade matemática. O som das ondas e as imagens da constelação, montados, formam uma paixão física para sair do estado de contemplação do céu estrelado. Imagino o Mestre João, apelido do médico e astrônomo galego cujo nome era João Faras, a tentar localizar essa constelação a partir das medidas da latitude com um astrolábio de madeira e um compasso. Que história a de um homem numa pequena embarcação e com uma grande plaga na perna a buscar por uma constelação. E mesmo com a perna ferida ele escreve uma carta ao rei Manuel I. O fantasma do método da carta existe a partir de um instrumento: o astrolábio. Mestre João escreve: "Quanto, Senhor, ao outro ponto, saberá Vossa Alteza que, acerca das estrelas, eu tenho trabalhado o que tenho podido, mas não muito, por causa de uma perna que tenho muito mal, que de uma coçadura se me fez uma chaga maior que a palma da mão; e também por causa de este navio ser muito pequeno e estar muito carregado, que não há lugar para coisa nenhuma. Somente mando a Vossa Alteza como estão situadas as estrelas do (sul), mas em que grau está cada uma não o pude saber, antes me parece ser impossível, no mar, tomar-se altura de nenhuma estrela, porque eu trabalhei muito nisso e, por pouco que o navio balance, se erram quatro ou cindo graus, de modo que não se pode fazer, senão em terra." São outras terras e outro século, o XVI, na latitude 17° que, ao que tudo indica é onde se encontra a constelação. Em outro fragmento da carta, lê-se: "tomamos a altura do sol ao meio-dia e achamos 56 graus, e a sombra era setentrional, pelo que, segundo as regras do astrolábio, julgamos estar afastados da equinocial por 17°, e ter por conseguinte a altura do polo antártico em 17°, segundo é manifesto na esfera". O astrolábio e a esfera me transportam à imagem da melancolia de Dürer e toda a sua navegação mental. Mas falar do descobridor não é falar da constelação em si. E todos os pormenores da descoberta leva ao desenho feito por João Faras naquela ocasião. A carta ficou por quase três séculos no anonimato dos arquivos até que foi descoberta por Varnhagen e foi publicada em 1843 na Revista do Instituto Histórico e Geográfico Brasileiro, tomo V, n° 19. Segui pelos volumes da *História da cartografia portuguesa*, de Armando Cortesão. O cruzeiro do sul me mobiliza. O desenho de Faras apresenta uma situação gráfica que não cessa de apontar para o futuro: *Las guardas, la bosa, el polo antartyco*. Li e reli a carta até que o ferimento e o firmamento ficaram inseparáveis. Pouco importa o horário, sempre faz noite nesses pontos. Fico com os olhos abertos. Respiro um cansaço que não é meu.

Paris, 17 de janeiro, Zurique, 18-19 de janeiro

29.

Methode ist Umweg: "Método é desvio" é um *motto* nos ouvidos. Desci do trem na Basileia para ver a *Melancolia*, de Dürer. A obra não estava em exposição. "Método é caminho não directo", assim traduziu João Barrento a expressão de Walter Benjamin na *Origem do drama trágico alemão*. Sua tradução indireta me transportou à conferência de Maria Filomena Molder em 2008 na Universidade Federal de Minas Gerais. Escutá-la foi uma experiência de limiar. Primeiro porque aquela conferência foi da ordem da adivinhação. Nela pude montar não um mapa, mas uma rota. Existem descobertas que não se comparam com a constelação do cruzeiro do sul, mas pude fabricar uma constelação do sul íntima a partir do desenho do Mestre João. O segredo é transmitido secretamente: são epígrafes, notas de rodapé, citações que ajudam a treinar os pressentimentos, as intuições, as frases que não diríamos se não tivéssemos optados pelo desvio para surpreender a coisa no seu estado de coisa. Por esse viés, retiro-me do alegórico e do simbólico não para abstrair-me de suas forças, mas para entrar num tipo de ação único que foi aquela escuta. Uma citação do ensaio de Molder: "Obedecer às intimações do texto é mais um reforço da compreensão de que o método seja desvio, quer dizer, o decisivo é deixar-se comandar por aquilo que queremos compreender, por aquilo que procuramos, o objecto é que convoca, instrui, chama, faz nascer alguma coisa em nós". Somos intimados a surpreender os objetos que não se sabem escritos ou lidos por alguém que os ignora. Saltamos aos signos e, pois, passos no espaço do texto, e voltamos à mão com a inteligência dos pés. Ouvi o desprezo daquilo que foi dito em francês em uma livraria, logo, num espaço público que um determinado livro tinha sido escrito com os pés. Isso significava que aquilo tinha sido mal escrito. Ora, dotar as mãos com a inteligência dos pés pode ser uma figura do engano, trocar os pés pelas mãos, mas dar a essas últimas uma inteligência da caminhada faz parte de uma arte dos desvios. Foram por esses desvios que vi os corações na rua, alguns deles fabricados por mim. Há um segredo nas breves frases: "É próprio da escrita deter-se em cada frase e começar de novo". Vivi este texto na carne quando visitei a Maria Filomena Molder em dezembro. O livro de João Barrento, *Walter Benjamin, a sobrevida das ideias*, foi transmitido como um livro para se ler durante uma vida. "Método é desvio" foi publicado no Brasil em 2010, dois anos depois da conferência de Maria Filomena Molder. Data de batismo de uma rota. Algo me diz que encontrei um caminho pelos subterrâneos desse ensaio. Saio, de repente, em outro mais recente, o de Barrento,[4] ao que cito-o, sem aspas, a "origem" é o que está aí desde sempre, sem nunca ser conhecida. Por isso ela é objecto de sucessivas "salvações" a partir do processo destrutivo da história. O acaso que portamos traz tanto as salvações quanto os processos destrutivos. Impossível reconhecer uma salvação dentre as salvações ou um processo destrutivo ainda no começo. Impossível separá-los: "cada um dos pequenos 'desvios' (...) se podem dar no acontecer humano". Que fique a cargo de quem

---

[4] Não evito uma nota de rodapé, pois tropeço e depois caminho por ela: "a da escolha de zonas-limite, a da prática de passagens, a da intervenção em zonas-limiar, transversais aos saberes instituídos. Daqui, também, o seu método, que se ajusta a esses objectos tornados esquivos pelo olhar de quem sobre eles pensa e escreve: o método da destruição-salvação (o de arrancar os objectos aos seus contextos habituais para neles encontrar novas significações — um método que corresponde exatamente à configuração e ao "trabalho da "alegoria", uma das categorias centrais de Benjamin para reinterpretar, que o teatro barroco, quer a modernidade de Baudelaire)" (Barrento, 2022, 80-81).

estiver a ler a tarefa de atribuir essa citação a João Barrento ou
a Maria Filomena Molder.

Basileia – Zurique, 18-19 de janeiro

30.

"A literatura possui diversas camadas de calma dentro e,
sobretudo, fora do texto. Há uma calma nas tragédias que
permanecem fechadas e no corpo que dorme próximo de um
livro de Sófocles. Do mesmo modo que existe uma calma dos
marujos num oceano em tormentas, como a caça a Baleia, por
exemplo. O livro permanece na estante e a casa fica rodeada
por um silêncio de biblioteca. O que todos esses livros contam
ao mesmo tempo? Lidos e não-lidos eles agem e são objetos de
ações. O escritor também escreve para não-leitores, disse Deleuze
numa conversa com Claire Parnet. Na biblioteca existe uma forma
mais ou menos organizada de estranhamento. Somos estranhos
não apenas para nós mesmos, mas para quem se aproximar de
nós. Dispomos de um estranhamento familiar em termos um
sentido de mundo, que se expande a outras pessoas e a outros
seres, a outros objetos. E toda a obra de Drummond cabe aqui.
Em cada texto existe uma maneira de transportar o acaso com
seus desastres menores, seus incidentes. Escrevo em trânsito
para fazer dele um endereço, do mesmo modo que escrevo
com a imaginação atenta a um endereço que se fixa a partir do

amor." É aqui que corto a gravação, pois estava gravando este fragmento em áudio. Cortei e me voltei para os meus papéis, os livros que trago comigo entre Paris e Basileia. Antes de trocar de trem para Zurique farei uma pausa para ver no museu a *Melancolia*, de Dürer, e imaginar uma exposição a partir dessa gravura. O amor tem uma forma instável, mas não quero ser outro homem a escrever sobre o amor. Todos os textos masculinos sobre o amor que prometem estabilidade jamais deveriam ter sido escritos. Atenho-me a uma instabilidade e a uma força de sobrevivência. Não posso definir o amor, muito menos decliná-lo em obras literárias. São duas e quarenta e nove da tarde e estou a quarenta minutos do meu destino. Uma jovem mãe se levanta com um bebê que estava a chorar. Esse cuidado me toca mais do que tudo o que os homens escreveram sobre o amor. Se o amor me fez interromper o que escrevia sobre a literatura é porque o amor tem algo de desvio. Ele é um desvio cuidadoso no qual são muitas camadas de "dentro" que vêm à tona. Escrevo como quem se entrega ao ritmo do trem que transforma a paisagem de neve em fantasma. Nessa entrega recebo a paisagem e uma incapacidade de escrever sobre o amor, pelo menos com a distância melancólica confundi-lo em técnicas de sedução. Apenas escrevo para me esquecer do amor e da sedução. Que essa energia seja redistribuída nas formas mais cômicas da vida. Há também no silêncio dos livros fechados os restos de risadas. Depois do aviso da voz automática que anuncia "Mulhouse", e me vem nos ouvidos Simone Weil e o espírito da graça. Há uma graça no amor e até na sedução ao sair do melancólico espírito da destruição.

Há homens e mulheres que sonham apenas com isso: destruir. Muito da sedução está carregado nesta chave.

Paris – Basileia, 18 de janeiro

31.

Acordei com um silêncio bilíngue. O *todo dia* se repete ainda no escuro. Tateio as roupas pretas no chão do quarto, visto-me, e depois ponho os óculos e minha tentativa de nome. Saio de casa tão civil quanto os outros primeiros trabalhadores da manhã que têm a pele mais escura. Sedução é ver uma luz, um ponto de orientação fixo que pode ser um farol ou uma constelação e não segui-lo, porque no caminho se apresentou um desvio. Volto aos teus passos. Ao som familiar e estranho que está sendo impresso por eles nos meus tímpanos. Eles me orientam e desorientam. Lembro que geralmente tenho acordado no meio da noite. Vejo você dormir. Isso me acalma. Meus movimentos são mínimos. Enquanto é noite somos corpos sem palavras. Retiramos da noite horas de descanso e de prazer. Sei que se me mover um pouco mais, o seu corpo responderá vindo na minha direção. Dormindo você me oferece calor. Ficamos assim por algum tempo. Você dormindo e eu acordado. Há uma dissociação entre o som dos teus passos e do teu corpo que dorme. Compartilhamos o sono e ainda assim descansamos de modo diverso. Nossos sonhos estão secretos e até protegidos de nós mesmos. Quando estivemos em Pompeia na canícula do verão, nos entregamos a um sol canibal e fomos espectros caminhando entre escombros estritamente organizados. Sigmund Freud escreveu no *Delírio e sonhos na Gradiva de W. Jensen* que o sonho é um desejo satisfeito. O texto é de dezembro de 1902. Mas Freud escreve formulações semelhantes para se movimentar fisicamente pelo seu argumento. Seu movimento tem o método de deslocar pontos arbitrariamente fixos em nossa imaginação. Na *Gradiva*, de Jensen, tem-se a impressão de que o relevo da jovem respirava a vida. Gradiva significa "aquela que anda". Vou me afastando do ensaio de Freud na medida em que entro na narrativa sobre os detalhes de Pompeia a partir dos passos daquela que anda. O dia 24 de agosto de 79 foi o dia da erupção do Vesúvio que destruiu toda a cidade. Foi no Fórum que o personagem-arqueólogo Nobert Hanold se viu naquele fim do mundo e não muito distante viu Gradiva *lente festinans* nos seus delicados passos de pedra. Tudo ali é de uma tranquilidade ágil. Entre Pompeia e nosso sono, vem o desvio da sedução com seu poder destrutivo. Desvio o pensamento daqueles que sucumbiram, e passo por aquelas e aqueles que se valem da sedução como uma lâmina afiada. Passada de uma mão a outra sem que se cortem. A sedução é uma arte do corte. Ela fabrica desvios, por certo. Porém, há também a carga de acaso que cada um traz consigo. Ouço os teus, os nossos, passos em Pompeia. Você me fotografou enquanto eu saltava no Fórum. Fizemos uma arqueologia íntima ao caminhar pela luz do meio-dia que não apenas corta quanto cega. Enquanto escrevo estas linhas, alguns minutos separam a uma e quarenta e quatro da uma e cinquenta e sete, onde o trem fabricará um destino que não é o meu, mas o de algumas pessoas ao redor que se preparam para descer. Seguirei neste *travelling* com a memória da noite e com as imagens oníricas e diurnas de Pompeia. Estou insone entre a cama e o trem. Este texto não termina quando a uma e quarenta e quatro chegar até a uma e cinquenta e sete. Farei uma pausa. Mas registro como são vitais esses minutos para que eu inscreva a memória das noites que dormimos juntos. Sem palavras, a noite é pura amnésia. Ela é apenas nossos corpos descansando e esquecendo que descansaram quando outro dia nos cansa. Estou com os olhos abertos no meio da noite. Ignoro as horas e me entrego à sensação de ficar imóvel, de me movimentar. Seguimos neste tropismo. Você dorme e estou insone. Os olhos estão abertos no que ainda talvez seja noite, ou, pelo menos, a noite do nome.

Paris, 17 de janeiro, Zurique, 18 de janeiro

Coda
Escutar um carvalho, uma pedra

> *Fedro – Que facilidade que tens, ó Sócrates, em inventar histórias egípcias, ou de qualquer outro país, como bem te aprouver.*
>
> *Sócrates – Meu amigo, os sacerdotes do templo de Zeus em Dodona afirmaram que as primeiras palavras divinatórias saíram de um carvalho. Assim, as pessoas daquele tempo, que não eram tão sábias como vós, os jovens de hoje, contentavam-se na sua simplicidade em escutar a linguagem de um carvalho ou de uma pedra, desde que dissessem a verdade. Mas, para ti, o importante é saber quem fala e qual o seu país de origem: não te basta ver se ele diz, ou não, as coisas como elas são. (275b-d)*

Fazemos parte de uma comunidade da escuta diversa que é também uma escuta divertida das coisas. Nessa escuta produzimos desencontros, cronologias alteradas pelo simples fato de viver. Não estamos atrasados, mas estamos apressados. Marcamos um encontro nas margens do cânone. Alguns ficaram de preparar um cavalo de madeira, outros, de desfiar um manto durante a noite, desfazendo todo um dia de costura. Nos orientamos por sinais de outras vidas, cuja existência é duvidosa. Acreditamos. Escutamos. Acolhemos as biografias na intimidade para as tornar públicas na medida em que nos espantamos. Aprendemos. Imitamos. Imitamos a intimidade dos outros. O mimetismo é contínuo. Foram séculos de escrita, de cansaço de copistas, de furor e de método para fazer com que essa escuta tenha se tornado um processo secular de surdez. O ensurdecimento tem seus agentes: tradutores, professores e críticos continuam a fabricar uma grande distância da voz das pedras, dos carvalhos, produzindo desvios de palavras divinatórias. Intuímos métodos para depois abolir a intuição. Nos protegemos com bibliotecas e compartilhamos uma vida sem cátedra, ao redor de reuniões, de salas de aula e de momentos silenciosos de leitura, onde prepararemos alguma coisa útil para ser dita com uma coerência inteligente. Fiz esta pausa na escrita para retirar os cartazes e anúncios de seminários e de colóquios da parede da sala que ocupei durante alguns anos nesta universidade em Zurique. Pouco a pouco desnudei a parede. Dei-me conta do seu corpo de pedra. Contra a perda, a pedra. Ao por a mão no bolso do casaco, encontrei-a, a pedra. A pedrinha de Patmos. A pedra do fim do mundo. Devolvi à biblioteca todos os livros que estavam no escritório. Esvaziei as estantes. A mesa ficou esvaziada. E sobre ela pus a pedra. A sua verdade é de uma velocidade lenta, muito lenta, uma única sílaba dura séculos e um discurso não passa de alguns segundos. E o mundo que acabou tantas vezes e acabará tantas outras. Nem nós restaremos sobre nós mesmas. E riu. A pedra riu.

Zurique, 19 de janeiro

Sobre o autor

Foto: Anne-Lise Broyer

EDUARDO JORGE DE OLIVEIRA ensina Literatura Comparada e Cultura Visual no Instituto suíço de tecnologia (ETH). Ele foi pesquisador no no Centro de História e Teoria das Artes (CEHTA) da École des Hautes Études en Sciences Sociales (Paris), no Instituto Max Planck, em Roma, e no Centro alemão de história da arte (DFK) - Paris. Publicou *A invenção de uma pele – Nuno Ramos em obras* (Iluminuras, 2018) e *Signo, sigilo. Mira Schendel e a escrita da vivência imediata* (Lumme Editor, 2019), *O mundo a zero – Drummond, Haroldo de Campos, Ricardo Aleixo e as máquinas do mundo* (Editora da UFMG 2024).

A *Iluminuras* dedica suas publicações à memória de sua sócia Beatriz Costa [1957-2020] e a de seu pai Alcides Jorge Costa [1925-2016].

CADASTRO
ILUMINURAS

Para receber informações
sobre nossos lançamentos e
promoções envie e-mail para:
cadastro@iluminuras.com.br